AYANA

「美しい」のものさし

双葉社

写真　長田果純

はじめに

私はなんのために生きているのだろう？　と、昔からずっと考えています。自分の得意なことや、天命のようなもの。世の中の役に立てること。平たく言うと適職ということになるのですが、それがずっとわかりませんでした。

特に世の中に物申したいことがあるわけでもなく、生きづらい毎日に苦しむこともなく、人生の目標も目的もなく、なにひとつはっきりしないまま、なんとなく生きてきてしまいました。つまらない人生か、と言われれば決してそんなことはないですし、平凡な人生なのかどうかすら、よくわかりません。本当になにもわからずに毎日を生きています。いま現在も。

そんな私の軸となっていたのは、いつでも「好きなもの」でした。音楽、美術、哲学、ファッション、憧れの人……私は自分の好きな存在を、その好きという気持ちを、自分の中で確かなものにする、その感覚に生かされてきたような気がします。

私は自分に自信のない人間ですが、自分の好きなものには絶対的な自信を持っています。好きという気持ちはとても自由で、誰に気兼ねする必要もない（社会の常識とか、正義みたいなものと距離を置いてかまわない）自分だけの聖域のようなものです。私のこの絶対的な自信は、自分の中だけに通用するものであり、それでまったく問題ないのです。たとえば自分の好きなものが誰かにとってまったく魅力的に映らなくてもいいし、その逆でもいい。一緒に盛り上がれたらうれしいし、わかり合えなくても大した問題ではない。その感じがいいなと思います。

みんなそれぞれ、自分にとっての大切なものがあって、その様相はひとりひとり異なるわけですが、私の大切なものってなんだろうと考えて出てきた答えの欠片が、この本の内容なのかなと思います。

タイトルに「ものさし」と入っていますが、美の基準の正解を提示するような本ではありません。私の超個人的なものさしはこういうものですという、独り言のような文章を綴っています。それを読んで、私はどうだろう？　そういえば私ってどんなものが好きだっけ？　なんて、自分自身にささやかな思いを巡らせていただけたなら、とてもうれしいです。

私たちは自分自身を生きていくことしかできません。だけどどう生きるかは、結構自由に決められるものなのかもしれません。

5 コンプレックス

1 「人」

私の小さな人生の師

息子との距離感、私の場合

うちには6歳の息子がおります。小1ともなるとだいぶ意思の疎通（今日は体育の授業あるの？ あるに決まってるじゃん）や論理的な自己主張（AだからBくんとCがしたい）もできるようになってきたなぁ……としみじみしてしまうのですが、いまのところ、見た感じ元気に生きているようでほっとしています。

私は彼が生まれたときに「可愛くて可愛くてしかたがない」みたいには1ミリも思えなかったタイプで、人間としてなにか大切なものが欠けているのでは？ と自分に不安を感じたものでした。少しずつ可愛いと思えるようになったのは、彼がカタコトの言葉を話しはじめ、こちらの投げたボールにレスポンスをくれるようになってからで、それまでは「このなにを考えているかわからない、不安定で危なっかしい生命体をどう扱ったらいいのか」という緊張状態が心の98％を占めていたように思います。

いまでも息子に対して「母子の絆」や「絶対的な愛」を感じることはあまりなく、いちばん近くにいる存在でありながら、いちばん「わからない」存在です。普通に可愛いと思いますし、大切ですし、健康に、なるべくなら幸せに生きていってほしいとは強く願っているのですが、それでも「たまたま同じ宇宙船に乗り合わせた人」のような風情が色濃いよな〜と。そしてその感覚は、彼が成長していくにつれてますます強くなっていくのだろうなとも思います。彼が私をどんどん必要としなくなっていくから、ということなのですが。

離婚について息子が言ったこと

彼が3歳のとき、私は離婚しました。そこから母ひとり子ひとり猫ひとりという環境になり、すでに彼の人生の半分以上が経過してしまいました。同じ家族形態の経験が私にはなく、また私と息子では性別も異なるため、彼の心情を想像するにはどうしても限界があります。

息子はどちらかというとおだやかな性格で、あまり不平不満を言いません。離婚した当初は彼のその気質を不安に思い、状況を察して言いたいことを言えずに抱え込んでしまっているのではないか、こちらの顔色を窺っているのではないか、そんな風に気を揉んで、なんとかしなくてはと焦っていたのをよく覚えています。でも私には、離婚したけれどもいまの状況はネガティブな結果ではなく、これが私たちのスタンダードなんだ、とふるまうことくらいしかできませんでした。離婚や別れの概念を、3歳の子どもに言葉で説明するのはなかなか難しいものです。

ですが、離婚して数ヶ月経ったとき、私にとってかなり衝撃的なことがありました。保育園へ登園した折、同じクラスの女の子が突然「○○くんってお父さんがいないんでしょう?」と息子に聞いてきたのです。私は頭が真っ白になってしまい、まだ息子にちゃんと説明していなかったことを悔いました(その間0・1秒)。しかし息子は、静かに「いるよ。一緒に住んでないだけ」とだけ答えました。きっぱりと、かといって虚勢を張るわけでもなく、好きな色を訊かれたときのようなテンションで、毅然と。

パーフェクトな答えでした。私が離婚した相手は、彼のお父さんであることに変わりはありません。その短い台詞《せりふ》に、すべての情報が美しく、誰も傷つけない形で集約されている。そのとき私は無言でしたが、心の中ではオペラ座の観客たちがスタンディングオベーションをしているようでした。それ以来、息子のことを理解しよう、把握しよう、ケアしよう、と意気込むのはおこがましいことかもしれないと思うようになりました。

してあげられることは少しだけ

相変わらず手探りの日々ですが、離婚して以来、息子と接するにあたって決めていることがあります。それは我慢をしないこと。隠し事をしないという意味ではなく、嘘をつかずに、カラ元気にふるまうことや変な忖度をしないこと。疲れた日に「今日は夕飯を作るのは無理だからピザをとろう」と言ったり、毎晩絵本を1冊読むことにしているのですが、生理痛でしんどいときなどは「今日は体調が悪いからパスしたい」と言ったり。すぐに弱音を吐くというのでしょうか。相談する感覚で。

ただし、同じ弱音でも「離婚してごめん」とか「家が狭くてごめん」とか「こんなつらい思いをさせてごめん」のようなことは決して言わない。それに対する息子の返しは許しのようなものになってしまうからです。

だからこそ、自分にできる最高のことがいまはこれなんです、というスタンスでいたくて、それには私がいまの状況を幸せだと認識している必要が、絶対にあると思っています。息子の不満や不安には目を向けないようにするということではなく、むしろその逆なのですが、そのためにも「この状況は息子にとって不憫《ふびん》である」という色眼鏡は邪魔になると肝に銘じておきたい。こんな母親でごめんねと思うこともたくさんあるけれど、なるべく自分とは切り離して息子の表情をきちんと見たいと思います。

そんなことを考えるとき、いつも3歳の息子が「いるよ。一緒に住んでないだけ」と答えていたときの毅然とした態度を思い出し、そこに師を見ます。そして、きっとこれからも息子に教えてあげられることなんて本当にわずかだけれども、息子が私に教えてくれることは計り知れないんだ、と気づくのです。

色気のない私による色気考

私には色気がありません。

自覚して結構時も経っております。特に慰めはいりません。

でも改めて、色気っていったいなんなんでしょうね？　という話をしてみたいと思います。色気のない私ですけれども。

個人的には、色気に欠かせないのはミステリアスな空気だと思っています。ミステリアスとは「神秘的」とか「不思議な」という意味ですが、要するに「謎を残す」ということです。最後まで見せない。見せてもらえなかった側としては、見えない部分が気になってしまう。見えない部分そのものについても気になるし、どうして最後まで見せてくれないのか？　ということにドキドキしてしまう。これが色気の正体なのではないでしょうか。

私は本当に隠すということができない人間です。仕事とプライベートの境界線もなく、取引先のかた、友人、息子、誰に対しても態度がほとんど変わりません。思っていることと別のことを言うのは難しいし、我慢、秘密、駆け引きなどといったものとはかなり無縁の人生です。裏表のない素直な性格と言えば聞こえはいいですが、幼稚とも言える特性であり、特に褒められたものではありません。

若い頃は、この性質でずいぶん苦労しました。正論で相手に楯突いたり、友人の恋の悩みに直球の解決策を提示したり。そのくせそれが通らないと「良い方向に進むために言っているのに、なぜ受け入れてもらえないんだろう」と不満を抱いていました。思いやりのカケラもないっていうか、色気ゼロもいいとこでしょこれ、といまは思っています。

「こうかもしれない」と思わせるもの

素直であることが美徳とされ、実際に素直でいることは難しいと語られることもありますが、それがデフォルトの人間にとっては、素直であることはとても楽です。変に頭を使う必要がないからです。いっぽうで、相手にとってはある意味、つまらないものだと思います。すべてが明らかにされていて、その先になにかを想像する余地がないからです。

たとえば私はＢＴＳが好きなのですが、彼らは新曲を発表するときに、1ヶ月くらいかけて情報を小出しにしていきます。ファンたちに「今度の曲はどんな世界観なんだろう」と想像させるわけですね。一度に公開されるのはメンバーひとりの写真1枚だったりするのですが、それが毎日のようにコンスタントに続くことで、少しずつ全体像が明らかになっていく(ような気がする)。アドベントカレンダーのようなワクワク感とともに、わかりそうでわからないことを紐解き想像していく過程で、少しずつ、しかしどんどん深く恋に落ちていくシステムは、すごく色気のあるものだなぁと感心してしまいます。

それから、以前友人が村上春樹について言っていたことが忘れられません。

「村上春樹の小説って、読んだ人に『私にも似たような経験があるし、この感情を知っている。でもこれは私だけの特別な、ごくごく個人的な記憶』と思わせるもので、そういう感情を1億人に抱かせるから人気があるんだよね」

こんな内容だったと思います。それを聞いた私は、なんて色気のある理由なんだろう、と静かに衝撃を受けました。そこには抽象的な共感があって、読み手には想像の余地が残されているわけです。

1＋1は2ですとはっきり答えを明言するのではなく、それを匂わせるヒントを出す。それによって「……ってことはもしかして、1＋1は2なのかも? これって私だけが到達した真実では?」と思わせてこそ、色気と言えるのではないでしょうか。

色気という才能が備わっていなくても

だから、サバサバしているから色気がないとか、肌の露出が多いから色気があるとか、そういう話ではないのです。絶妙に隠されているものに対して、期待を抱いたり、願望を添わせたりできると、そこに色気の存在を感じるのだと思います。色気とはある種のコミュニケーションスキルであり、いっぽうで、生まれ持ったセンスのようなものも大きく関係しているのだろうな、と思います。大きな魅力ですよね。

自分に色気があったらどんなに良かっただろうと思います。でも、自分の性質に嘘をつくのは苦しいものです。だから、それについてはきれいさっぱり諦めているところがあります。

そのかわりに、思ったことをそのまま言うのではなく言いかたを考えるとか、相手がどんなことを思っているかを想像してみるとか、そういったスキルを磨くことに、エネルギーを注ぎたいです。素直という性質を短所にしてしまわないためにも。色気がないとしても、せめてしなやかさのようなものを身につけたい、そのために鍛錬したいということですね。

そして、色気がなくたって色気の魅力はわかるんだよね、なんてせいぜい虚勢を張っていたいと思います。

性別のコントラスト

男らしさと女らしさ

性別というものがよくわからない、とこれまで何度も思ってきました。「男性らしさ」と「女性らしさ」——その解釈のしかたは近年急速に変化しているようにも思いますが——というものにあまり興味が持てなかったのかもしれません。理由ははっきりしないのですが、いわゆる男性らしさ、女性らしさをわかりやすく示してくれる存在が私の周りにいなかったから、とも言えますし（つまりそれに対して憧れも反発も抱くことができなかった）、あるいは他に原因があるのかもしれません。

中学生の頃、町の寺子屋みたいな数学塾に通っていました。そこの先生がヒッピーな精神を持っているというか、結構アウトサイダーな自由人で（ちなみに生徒は3人しかいませんでした）、独特の視点がとても面白く、勉強以外にも色々な話をしてくれました。こんなユニークな考えかたをしてもいいんだ、と目から鱗《うろこ》が落ちたことも一度や二度ではなかったと思います。

ある日、会話の中で「恋愛対象は男性かもしれないし、女性かもしれないと思っている」と言ったことがあったのですが、先生に「その考えは僕には受け入れられない。とても苦手な発想だ」と返されてしまったことがありました。ショックを受けることはありませんでしたが、ただ「自由に見える人であっても、意外とこういう風に考えるんだ」と不思議に思ったものです。

その後、女性と恋愛関係に発展したことは結局なく、「私はバイセクシュアルである」と高らかに公言する資格があるかというと疑問なのですが、恋愛対象が女性になることがこの先あるかもしれない、という考えはいまもなくなっていません。

好きなのは、性別が気にならない人

私が「女性も恋愛対象になり得る」と考えるに至ったのは、男性も女性もみんな大好きだから！　という気持ちからではありません。性別って二分できるものじゃないのでは？　と感じていたからです。

身体的な特徴として大きく男／女に分けられるという道理は理解できるのですが、精神的な部分について考えると、男と女の2種類しかいないっていうのはちょっとおかしくないか？　と考えていて、これはいまでも変わりません。すべての人の中に「男性らしさ」と「女性らしさ」が備わっていて、その色の濃さや色数の多さ、比率などはひとりひとり異なるのでは、と思います。

私には「性」というものが剥き出しになっている人よりも、それをあまり感じさせない人に惹かれる傾向があります（性が剥き出しになっている人にも、人間的な魅力はもちろん感じます）。男性も女性も、中性的な人に対していいなと思うのですが、それは、男っぽい女性とか、女っぽい男性（この言いかたもどうかと思いますが）という意味では決してないんです。そこにはある意味で性を強く感じさせるものがありますので。

私は、男でも女でもない感じの人に惹かれます。もしかしたら、自分がそうなりたいと思っているからなのかもしれません。あるいは、どこかで性というものを恐れているのかもしれません。性というものから遠く離れて生きていたいという願望が、なんとなく昔からあるような気がします。

親として、性別と向き合う

そんなわけで「男性らしさ」と「女性らしさ」というテーマについて、あまり積極的に関わらずに人生を送ってきたのですが、息子が生まれてその意識に少し変化がありました。息子が保育園に通っていたとき、行事や日々の送り迎えなどで子どもたちの様子を見ていると、行動パターンや発言などに、明らかに男女で違いがあるという印象を受けたのです。概して女の子は相対的な視点を持ち「自分が人からどう見られているのか」をきちんと意識できている印象で、男の子は人の目よりもなによりも、自分がやりたいことをいまこの瞬間、思い切りやります！　という感じ。それまでは「性別なんてひとりひとり違うでしょ」と思っていた私にとって、かなりのカルチャーショックでした。なにをいまさら、という話かもしれませんが、男と女は、精神的な面で、明らかになにかが違う生き物だと気づいたのです。

性別の様相はひとりひとり異なる——という考えを、いまの私は確かにまだ持っています。それでも、そのようにうそぶくことで「男性らしさ」と「女性らしさ」に向き合うことから逃げてきただけだったんじゃないか、と思ったのです。そんな生きかただって、もちろんありでしょう。ただそれを息子に押し付けるわけにはいかない、とも考えるのです。特に息子は男性であり、私とは大きく異なる存在です。そんな彼に対して「ひとりひとり性別は異なるんだよ」とだけ伝えて終わらせるのは無責任な姿勢になり得ると、容易に想像できます。

改めて性というものに向き合い、自分の意識を更新する機会が来たのだな、と思っている今日この頃です。

憧れの人

「ワナビー」であること

大学生のときに「ワナビー」という単語を知りました。「誰かに憧れて真似している（けど本物には及ばない）人」というニュアンスの、ややバカにした表現です。

当時は私も、ワナビーって嫌だな、オリジナリティを追求するほうが断然格好いいよね、と信じていました。でもいまは「私はワナビー以外のなにものでもないし、ワナビーってなかなかいいかも」と思います。かつての私がワナビーという概念にネガティブな感情を抱いていたのは同族嫌悪によるものでは？　と考えてしまうほど。

思えば、私はこれまで色々なものを模倣してきました。小学生のとき、可愛いひらがなを書く友達がいて、必死にそれを真似したのをいまでも覚えています。好きなタレントやモデルの言葉遣いやファッションに影響を受けたり、尊敬するアーティストのインタビューを読んでその考えかたに学んだり。好きな映画のセリフを覚えて、ことあるごとに思い出して自分の生き方の指針としたり。アイコンはその時々で変わるのですが、いいな、好きだな、素敵だなと思う人のエッセンスを、その都度拝借してきた人生でした。

オリジナリティの限界

憧れの対象がいるというのは幸せなことです。かつて私が崇高なものと捉えていた「オリジナリティ」は、実はひとりの力でゼロから作り上げるには限界があります（一部の天才を除いて）。相互に影響を与え合うのが人間なので、私は私、誰の干渉も受けませんという姿勢よりも、色々な人や事象から素敵なものを借りて自分を増幅させていったほうがなにかとオトクなのでは？　と思ってしまいます。同じように、いつか自分が誰かに影響を与えることについても寛容になれますし。敬意のない模倣（たとえば丸パクリして金儲け）は言語道断ですけれども。

20代の頃、当時の恋人とライブハウスの前を通りかかったとき。ヴィジュアル系バンドのライブがはじまろうとしていて、メンバーを模倣したメイクと衣装のファンたちが行列を作っていたことがあります。それを見た恋人が「同じ格好をしたところで好かれるわけではないのに、彼女たちはわかってないね」と言ったのです。そのときは「確かにそうかもしれないけど……」とモヤモヤが残ったままでしたが、いまでは「いや、そういうことじゃないんだよなぁ〜！」と反論できると思います。彼女たちは憧れの対象から尊いエッセンスのようなものを拝借し、生きる糧としているのであって、推しの彼女になりたいと思ってるわけではないんだよ、と。

自分を見つめる鏡を持ち続ける

結局は自分がどうなりたいか、なのです。そのヒントをくれるのが憧れの人なのです。私には憧れの人が何人もいて、どの部分に憧れているのかをいつも自己分析しています。自分がどんなものに惹かれ、憧れを持つのか。それは自分がどうなりたいかを映す大きなヒントとなります。

同じように、どうしても好きになれない人や苦手な人の存在もまた、多くのことを教えてくれます。人は、自分と共通点のあるものに反応すると言いますよね。好き／嫌いという感情を抱いてしまう相手には、なんらかの、自分との共通点があると思います。そこを注意深く観察する。この人のこういうところが好きになれないなと思うとき、自分にその要素が関係している場合があります。

また「嫉妬」という感情についても、それを「憧れ」に変換することで自分の糧とすることができます。あの人ずるい、ではなくて、ああなるにはどんな努力があったんだろう？　と想像してみるほうが、ずっと自分のためになります。

色々なトーンの憧れを持ち、更新し続け、自分をブラッシュアップしていく。いつまでもそんなワナビーでありたいものです。

言葉を書き留めるということ

手紙の価値

手紙を書くことがめっきり減ってしまいました。もちろんオンラインの連絡手段が豊富にあることが理由であり、普段はまったく不自由を感じていないのですが、たまに友人から手紙が届いたりすると、とてもうれしくなり、心がふんわりとやわらかくなるのを感じます。私ももっと手紙を書こう！　とそのたびにレターセットなんかを買ってみますが、やはりなかなか書けず、地味に未使用のレターセットが溜まっているような気がします。ときには書くこともあるんですけどね。

好きな人と文字で言葉のやりとりをすることには格別の価値があると思います。文字に思いを重ねるのがいい。会話は消えてしまうけれど、文字は眺めることができるからです。手紙はさらに、筆跡や、書かれた紙に、その人の個性が出ます。20代までは色々な人と手紙の交換をしていて、いつも同じ簡素な封筒と便箋で書いてくれる人、毎回凝ったコラージュをつけてくれる人、ミックステープを同封して送ってくれる人など、色々いました。みんな素敵でした。改めて、なんて贅沢なことなんだろうと思います。コピペもできない、世界にひとつしかない手紙。ひとりの人の考えていることが、その人の筆跡となって私のもとに届くなんて。

手書きとデジタルの違い

割と最近までは、取材のときも手書きでメモを取るほうが多くの情報を書き留めることができましたし、思ったことを書き綴るための手帳を持ち歩いていました。手紙を書くことは多くないけれど、なにかあったときのために葉書と切手を手帳に挟んでいたし、ペンを持って文字を書く機会が日常的にあったなと思います。

しかし昨年あたりから手帳でのスケジュール管理をGoogleに変更し、手帳を使わなくなってしまいましたし、取材もオンラインが増えてくると、手書きで書き留める機会がどんどん減ってきました。気づけば、思ったことを書き綴るスピードも、手書きよりキーボードのほうが速くなっている気がします。漢字もどんどん書けなくなっていますし。

そこでふと思ったのですが、手書きで文字を綴るときと、キーボードで文字を綴るとき、なんとなく使っている脳みその場所というか、感覚のアンテナの種類みたいなものが違う気がします。それはちょうど、フィルムカメラとデジタルカメラの違いのようなものかもしれません。端的に言うと、デジタルは「やり直しがきく」という点が大きいです。

キーボードのときは、考えているスピードと同等の速さで打っている感覚があります。とにかく文字にする。あ、違うかも？　と思えば消してしまえるからです。デジカメもそうで、たくさんシャッターを切っても、余分なデータは後から気軽に消去できます。シャッターチャンスを逃すほうが問題です。

でも手書きの文字は違います。もちろん手書きの文字を修正液や消しゴムで消すことは可能ですが、筆跡は残ってしまいます。しかるべき相手へのものなら、一から書き直さなければならないこともある。どうしても慎重になりますし、考えを頭の中で一度整理してから清書する感覚があります。フィルムカメラも、フィルムは有限なので、一枚一枚大切にシャッターを切ります。

文字が人格を紡いでいく

どちらがいいということではなく、それぞれに良さがあるなと思うわけです。手書きの役割がデジタルにスライドしているようで、実は少し違ったことをしている。

デジタルはデータの保存・消去・複製が気軽にできるため、スピードは速まりますが、言葉のウエイトが軽くなりがちです。ＳＮＳなどで不用意な発言が可視化されやすいのは、そこにも原因があるのではないかと思います。

手書きは時間がかかりますが、文字を通して色々なものをデザインできます。ただのテキスト情報ではなく、ペンはどんなものを選ぶのか、どのくらいの大きさの文字でどうレイアウトするのか、そのすべてに感情や感覚が出ます。

どちらも上手に使いこなして、気持ちや情報を言葉に、文字にしていくことを続けていけたらいいなと思います。それは個性を鍛錬していくこととイコールと言えるかもしれません。

デジタルで文字にするときは、少し慎重に。圧倒的に機会が減っている手書きについては、気後れしないようになるべく普段から鍛錬を。そうして、しかるべきタイミングで手紙をしたためることができる人でありたいものです（美しい筆跡とともに）。そのために、素敵な文通相手を見つけてみるのもいいかもしれません。

思慮深さについて

テイラー・スウィフトに憧れて

先日、テイラー・スウィフトのドキュメンタリー『ミス・アメリカーナ』が見たくて、ついに禁断のNetflixに加入してしまいました。テイラーは世界的に有名なシンガー・ソングライターであり、いまはかなりスタイリッシュなイメージですが、もともとは保守的なテネシー州から来たカントリーシンガーです。彼女自身「昔から、誰から見てもグッドガールであるようにふるまっていた」と言います。

そんな彼女は、エンターテインメントの世界で波風を立てないようにニコニコ笑ったり、素敵に見えるように過激なダイエットをしたりして、周りが求める自分像を必死に作っていく。そうしてポップスターとしての地位を築いたときにふと、自分自身を大切にしていなかったことに気づくのです。そこで、本当はおかしいと思うことを言わずに呑み込む必要はないし、食事は生きるためのエネルギーであるべきだし、うれしいことがあったとき、そばにわかち合える人がいるのが幸せ。そういうことにどんどん思い至っていく。色々な歪みに気づいたいまのテイラーは、歌う内容も変わり、S

NSで政治についての考えなども臆せず発信しています。

『ミス・アメリカーナ』には、彼女がそこに至るまでの成長が描かれているんです。テイラーはもともと非常に思慮深くて賢い人。だから感情のままに発信なんてしない。自分の影響力をわかっていて、それをどう使うかを熟考し、言葉を選んで、その上で表現をしていく。正直に生きるその姿は多くの現代人を励ますもので、なんて格好いいんだろうと憧れてしまいます。

メディア・リテラシーを意識する

我が家にはテレビがなく、新聞もとっていませんので、世の中のニュース収集はもっぱらネット頼み。なかでも私がよく使っているのがTwitterです。

Twitterのタイムラインに流れてくる情報は玉石混淆《ぎょくせきこんこう》。そこには、いち個人が感情をぶちまけたようなものもあれば、企業や公的機関のオフィシャルなニュースもあります。控えめに言っても嘘と真実がメガ盛りにされたカオスであり、そこから信用できる情報を選択するには、情報リテラシーが問われる部分も非常に大きいのですが、だからこそ面白いのだ、とも思っています。

昔は「渋谷なう」とかつぶやくようなパーソナルなSNSでしたが、いまや社会的に大変なことが起こったときは、首相や知事の会見を含めたさまざまなニュースをタイムラインで確認することもできてしまいます。本当に便利で助かりますし、時代は変わったなぁと思います。

Twitterには、テレビや雑誌、新聞で、こんなことが報道されていたという情報もよくあがってきます。そこで改めて「テレビや新聞であっても、Twitterと同じように情報リテラシーを問われるのだな」と気付かされることが多くなりました。テレビのワイドショーで喋っているコメンテイターは本当にその道のプロなのか。扱われている画像は故意に切り取られたものではないのか。情報のソースは信用できるものなのか。そういったことを思慮深く、巧みに判別する力が問われているのを感じます。

それはおそらくいまにはじまったことではないのですが、目の前に出された情報を疑ってみることを、これまでの私たちは習慣としてまだまだ持っていなかった、ということなのかもしれません。

自分にとっての正解を探していく

ＳＮＳを見ていると、人は「完全なる正義」や「誰もが納得できる正解」、あるいは「隠された真実」へ憧れのようなものを抱く生き物なのかもしれない、と思います。特に先行きのわからない不安な日々の中では、その傾向は色濃く出てきやすい。私もそうです。「わからない」という状況はあまりにもつらいから。

でも本当は、正義と悪はきれいに線引きできるものではなく、世界を救うスーパーマンもいなければ、地球を滅ぼそうとしている悪役も存在しない。ものごとはそう単純にはできていないのですよね。歳を重ねていくにつれ実感することのひとつです。

たとえばメディアによく出てくる「男は／女は」「この国は」「シングルマザーは」「育児は」「今年の流行は」「若者は／高齢者は」「恋愛は／結婚は」といった主語には、ある種の理想の形や、完璧な解があるように語られることも多いものです。

しかしひとまとめにされているそれらの概念は、実は意外と多彩であって、ひとりひとり、ひとつひとつ様相は異なっています。その定義を言い切ることは非常に難しく、その難しさを抱えながら、それでも自分の足で、自分の目の前に広がる景色を大切に、自分にとっての正解を求めながら、ひとりひとりが歩いていかなければならないのだな、と思うのです。だからこそ、自分で考えて自分の足で歩いているテイラーが、とてもとても眩しく見えるんですよね。

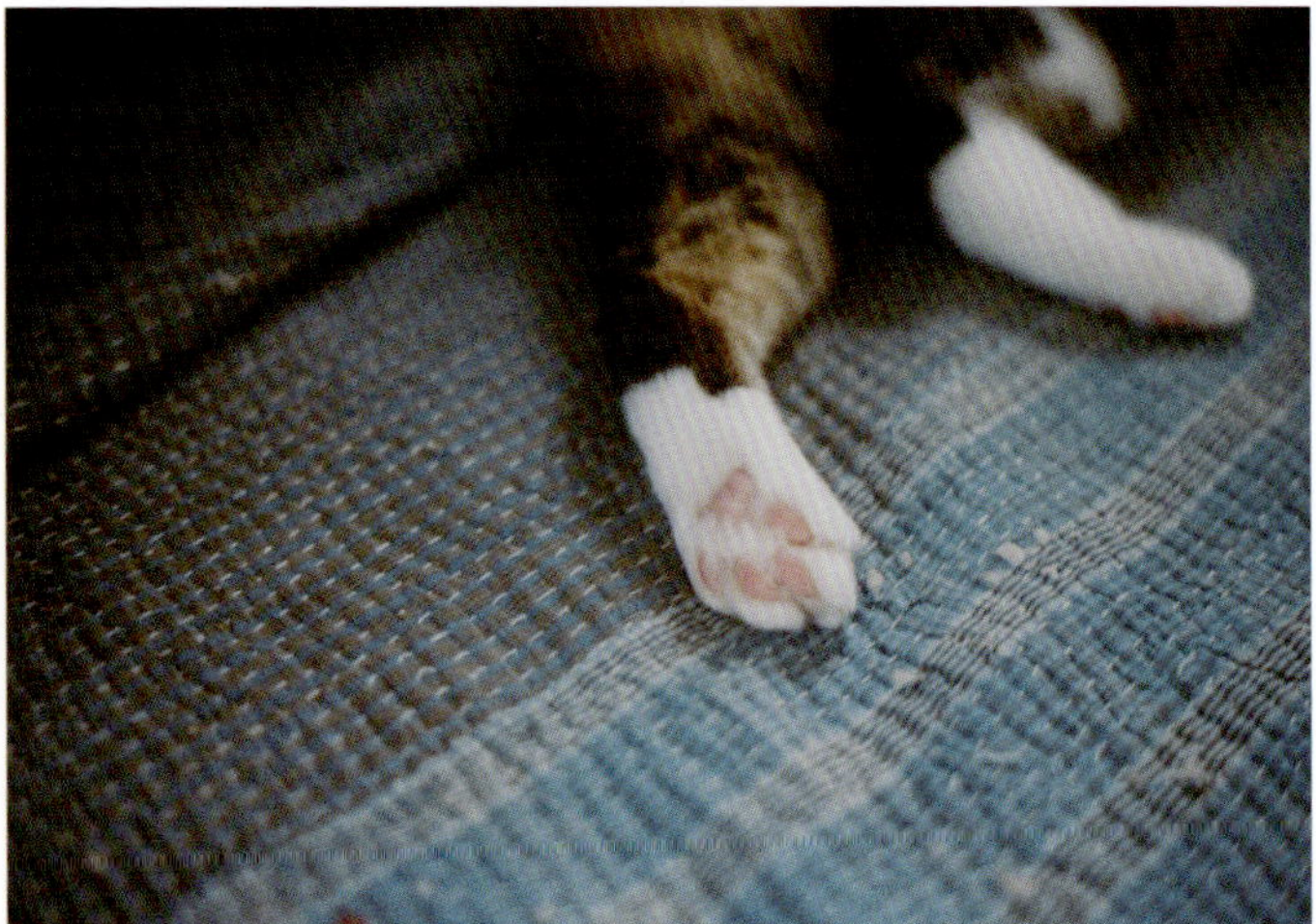

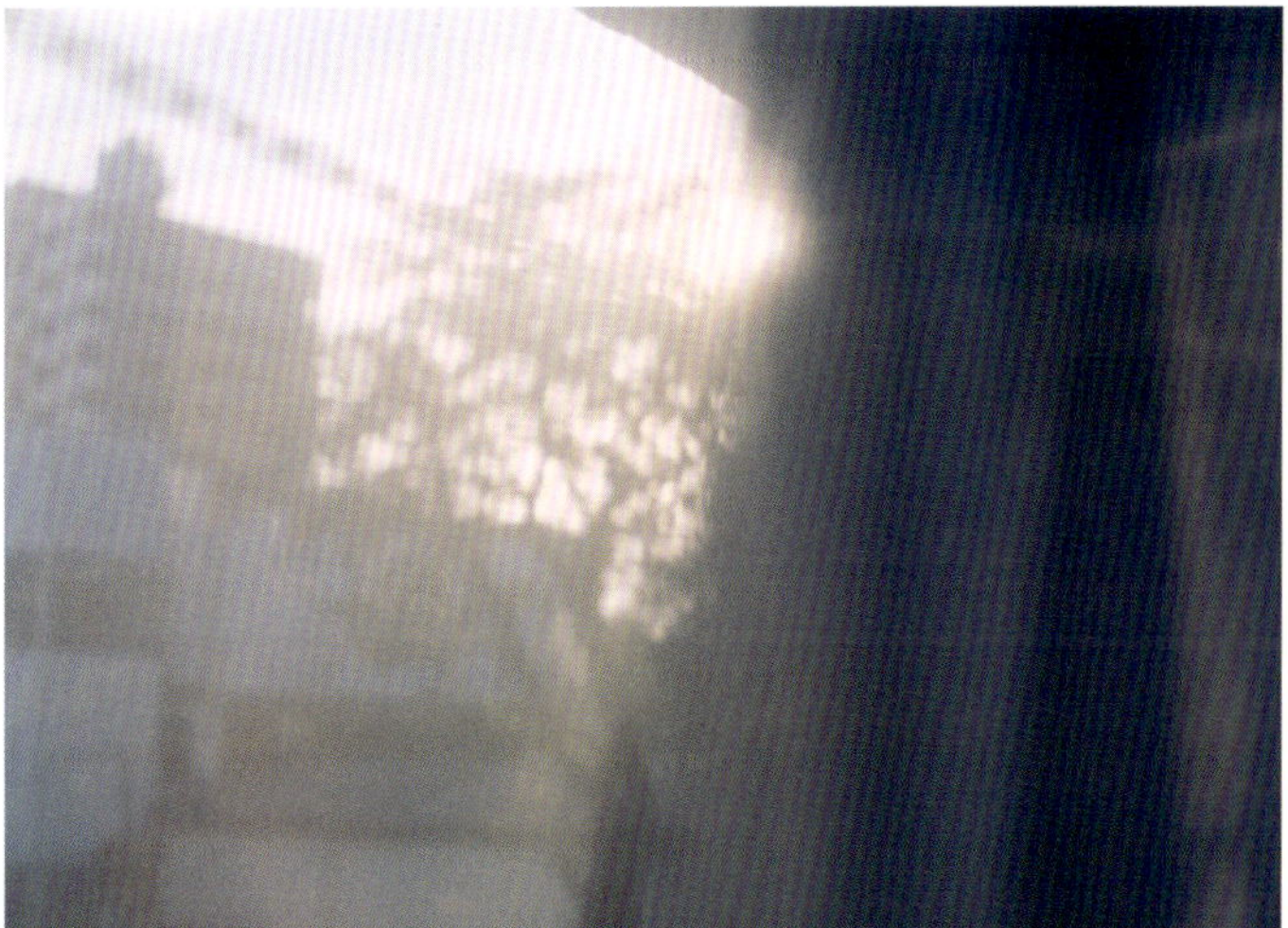

COLUMUN

人生を変えた「化粧品」スキンケア編

敏感肌で、いつも悩みを抱えている私の素肌に光をもたらしてくれた名品の数々、ほんの一部です。

shu uemura
クレンジングオイル

「アルティム8∞ スブリム ビューティ クレンジング オイル」

植村秀という人の存在がなければ、私は美容の仕事を続けていたかどうかわかりません。彼からはあまりに多くのことを教わりましたが、スキンケアで特に影響を受け、使い続けてきたものをひとつ挙げるならこれです。肌には摩擦がNGであること、肌は自らうるおうことはできても汚れを落とすことはできない事実、きちんとすすぐことの大切さ、クレンジングで肌を慈しむ習慣を持つ大切さを、プロダクトを通して会得することができ、またその知識は今日に至るまでずっと役に立っています。あまり良くないイメージを持たれることもあるクレンジングオイルですが、私はその実力を、shu uemura を通して身をもって実感しています。

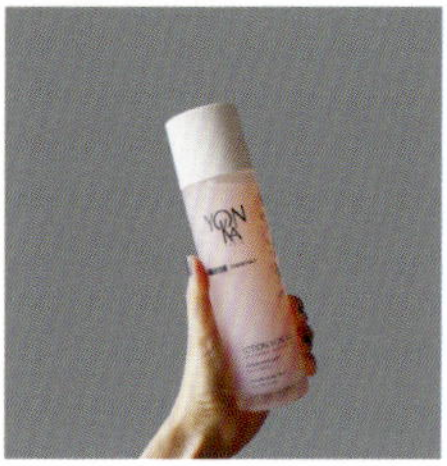

YON-KA
化粧水

「ローション ヨンカ PS」

20代後半でオーガニックコスメの世界を知り、多くの名品と出合いました。オーガニックコスメの醍醐味は植物の恵みをダイレクトに感じられることであり、その大きなスイッチとなるのが精油による香りだと思います。フランスのスパブランドYON-KAのローションは、ラベンダー、ゼラニウム、ローズマリー、サイプレス、タイムの5種をブレンドした独自の香りが素晴らしく、何度もリピートしている逸品。香りがいいコスメはたくさんありますが、精油でここまでの洗練を表現できるのはさすがYON-KAです。霧のようなスプレーによる肌へのやわらかななじみ感と高い保湿力が備わり、サロントリートメントのようなラグジュアリーな感覚をもたらしてくれます。

THREE
クリーム

「トリートメントクリーム」

スキンケアには「ここに戻ってくれば安心」みたいな実家的アイテムがマストだと思っていて、私にとってこのクリームはそんな存在です。30歳のときに肌のたるみを実感してから、リフトアップするようなテクスチャーのクリームが大好きになりました。以来、クリームには肌へのぴったりとしたフィット感と「保護膜が作られている」という実感のあるものを選ぶように。このクリームはその条件を満たしつつ、さまざまな外的環境から肌をガードする役割を持ち、さらにローリエ、フランキンセンス、ゼラニウム、ローズマリーによる素晴らしい香りを持っているんです。決して安くないのですが、どんな肌状態・気分の日でも浄化された感覚になれるのでやめられません。

DECENCIA
美容液

「ディセンシー エッセンス」

ディセンシアはポーラグループの敏感肌向けスキンケアブランドで、「敏感肌だってどんどん攻めてきれいになれる」というメッセージを、圧倒的な安心感（技術力）とともに伝える姿勢が大好きです。私は肌が丈夫なほうではなく、季節の変わり目やストレスですぐに赤みや吹き出物などの不調が出ます。ディセンシアには多くの局面で助けられてきたのですが、発想と効果実感で特に驚きをくれたのがこれ。肌の奥までいかに有効成分を届けるかがキモという考えかたを覆す「角層（肌表面）こそが美肌の鍵」という発想で、擬似角層を作り肌を立て直してくれます。いまや「角層美容」の発想は美容界のスタンダードになりましたが、パイオニアのひとつだと思います。

mgb skin
アンプル

「シカバリアアンプル」

韓国美容の面白さを教えてくれたブランドはいくつかありますが、圧倒的強者がmgb skinです。韓国と日本の美容事情に精通したMEGBABYさんが一からプロデュースと開発をしていて、製造はすべて韓国なのですが、「日本で求められる韓国美容のスゴイところ」がとにかく凝縮されていて、さらに彼女の卓越したセンスで世界観も最高におしゃれに仕上がっています。インスタグラムを使ったDtoCでの売り方も本当に上手かつ誠実で、絶大な信頼を寄せています。ほとんどすべてのアイテムを使い惚れ込んでいますが、このアンプルは特にもう何本使ったかわからないもの。マスク荒れや昔からの吹き出物の跡が、これを使うことでかなり軽減された実感があります。

2

「外見」

メイクをする意味

メイクが苦手と思ってしまうなら

　ここ数年、化粧品の商品開発に携わる中で「メイクが苦手です」というかたに出会う機会が多くありました。その理由は、メイクのやりかたがわからないし、いまさら誰かに訊くこともできない、美容のキラキラとした世界に及び腰になってしまう、自分の顔に自信が持てない、義務感のみでメイクをしている、などなどです。

　私はメイクや化粧品が大好きですが、自分の顔に施すものというよりは、好きなアーティストの写真集みたいな感覚でその世界を眺めてきたところがあり、自分にメイクするときはめちゃくちゃ淡白です。なぜなら自分の顔がもともとあまり好きではなく、さらにメイクで劇的に変わるような顔でもなく、要するにメイクのしがいがないからです。そんな私から言えることは、それでもメイクは楽しいし、別にメイクって頑張らなくてもいいものだよ、ということです。

　メイクはフルフルでやろうとすると工程が多いですが、全部やる必要はまったくありません。マストなのはＵＶケアのみで、あとは完全に自由。ファンデーションは省略し、ポイントでコンシーラーだけを使って肌を仕上げるのもいいし、素顔に赤リップのみで終了！　なんてメイクでもいい。無理をしないで、自分らしくいられる顔ってどんなものかを、まずは探ってみることが大切です。

そのうえで、できれば意識したいことが2点。ひとつはテンションの上がるアイテムを必ず使うこと。新しいものが正義というつもりはないのですが、何年も惰性で使っている大して気に入ってないアイシャドウなんかは、刷新する価値があるでしょう。

そしてもうひとつは自分の顔に慣れ親しむことです。自分の顔が好きな人は、メイクを楽しむのだってそう難しくないはず。大好き！　とまでいかなくとも、自分の顔との距離を縮めると愛着が湧きます。家の中に鏡を増やして、自分の顔が目に入る時間を増やすだけでも、かなり違います。

何通りもの自分があっていい

これは声を大にして言いたいのですが、メイクに「たったひとつの正解」はありません。肌の色や瞳の色との相性、年齢との相性、流行など、正解を示唆する情報は色々とありますし、それらはもちろん参考にできるものですが、「これじゃなきゃ絶対にダメ」はないのです。

だから、自分に似合うものを探すときも、なにかのものさしに自分を合わせるよりも、まず自分はどんな人になりたいのか、どんなものが好きなのか、それを第一に考えて好きだと思えるアイテムを選んでみることをおすすめします。お友達や販売員のかたに相談したっていい。そうして自分がワクワクするものを手に入れて、メイクをしてみたときに、万が一しっくりこなくても、それに近い別のもの（あるいはまったく別のもの）にまた挑戦すればいい。似合うものはいくらでもあって、たまたまイマイチなものに当たってしまっただけだから。

私はメイクアップアーティストのフランソワ・ナーズによる「メイクは洗ったら落ちてしまうもの。たかがメイクなんだから楽しもうよ」という言葉が大好きです。どんなに気に入ったメイクでも、あるいは最悪なメイクでも、すぐにクレンジングの時間が来てしまう。たったひとつの絶対的なメイクを探すより、色々なメイクにトライしたほうがオトクです。それによって新しい自分のチャームを見つけたり、スタイルを構築することだってできてしまいます。メイクは本当に楽しんだもの勝ちなのです。

「自分のためにメイクする」ってどういうこと？

メイクってなんのためにするのでしょう。その理由はもちろん人によってさまざまだと思うのですが、概して「自分の機嫌を取るため」と言えるのではないかと私は考えています。

美しいものやお気に入りのものは、人の心をやわらかく幸福にします。そのエッセンスを少し自分自身に取り入れてみる方法、それがメイクなのではないでしょうか。自分の好きな色や輝きをさりげなく纏うことも、思い切りトランスフォームして別の誰かになろうとすることも、「素敵な要素を自分の中に取り入れる」という意味では、すべて同じ文脈にあるような気がします。

メイクには、こういう自分でいたいという理想に近づくためのサポートをする力があります。自分の好きな雰囲気や世界観をメイクで纏うことには、素晴らしいヒーリング効果があると思います。

愛されるためのあざといメイクや、目立たず清楚に仕上げる就活メイクといったものが、没個性的で人におもねるものと受け取られることがあります。ですが個人的には、そうすることで自分の機嫌が良くなるのであれば、大いに推奨されて良いものだと思います。

大切なのは「それをしている自分のことが好きか?」ということで、そのために没個性的なメイクを選ぼうが超個性的なメイクを選ぼうが、それは完全に私たちの手に委ねられていいます。気楽に選べばいいのです。

色を纏う、色を楽しむ

すべての色に個性がある

ＯＳＡＪＩというブランドでメイクアップコレクションの創作に関わらせていただいています。アイテム、色出し、そしてネーミング、コンセプト。かなり自由にやりたいことをやらせてもらっています。

これまで色々な化粧品の開発に関わってきましたが、メイクアップアイテムの色を開発するのは格別に楽しいです。口紅のように血色感を前提に、狭い色相の中で色を作っていくことも面白いし、どんな色を作ってもいい無限の可能性が広がるネイルやアイシャドウのような世界には思わず没頭してしまいます。

好きな色は？　と言われると、どんな色も好きだと答えます。これは本心で、たとえばシルバーとゴールドだったり、ビビッドな色と無彩色だったり、青と黄色だったりの間に、基本的には好みの差がありません。これはカメラに興味を持って写真を撮りはじめた大学生の頃に培った感覚で、化粧品を開発するときや、人にメイクのアドバイスをするときにとても役に立っているなと思います。

すべての色を好きですが、どの色に対しても同じ感情や印象を持っているわけではありません。やはり色にはそれぞれに込められているイメージ、メッセージ、ムードのようなものがありますし、単体で見たときと別の色を合わせたときで印象がガラッと変わったりする、その変貌も面白いものです。それはちょうど人間ひとりひとりや、風、水、火、土のような自然界に存在するエレメントのようなもの。それぞれに個性や相性の面白さはありますが、そこに優劣はありません。

似合う色と好きな色

では私が身につける色はどうかというと、これはなんでもOKというわけにはいきません。ファッションもメイクも「似合うかどうか」という大きな問いが立ちはだかってしまいます。

自分にどんな色が似合うのかということについては、たとえば肌に透明感があるように見えるのかどうか、顔がいきいきと見えるか、顔から浮いていないか、といったことが判断の大きなポイントとなります。

それを知るひとつの方法としてパーソナルカラー診断があります。私はかつてあまりパーソナルカラー診断に興味を持っていませんでした。20代の頃、オーダーメイドのメイクアップ化粧品を作るお店で働いていたことがあるのですが（アイシャドウを担当していました）「私はパーソナルカラー診断だとここに属するので、この中の色で作ってください」というお客様の数は決して少なくなく、その言葉を聞くたびに心の中で「そんな診断に縛られずに、好きな色を使えばいいのに」と思っていました。いま思えば生意気でしたね。

色との相性により、顔写りがきれいか否かが変わるということは、最近理解できるようになりました。自分の肌や瞳の色の特性を知ることで、似合う色のヒントが掴めるパーソナルカラー診断を、いまは便利なツールだと捉えています。

でも、その診断にただ従うだけではなく、どう利用するかを考えることがもっと大事だとも思います。

色を自分に引き寄せる

色を身につけるとき、いちばん大事なのはやはり「自分はどんなムードを纏いたいと思っているのか、または目指したいと思っているのか」に自覚的になることだと思います。どんな人物に憧れを抱き目標とするのか、人からはどう見られたいのか。色はムードと紐づいていますから、自分の希望を明確にすれば、そこから色を割り出してみることもできます。

そして、それを自分に〝似合わせる〟ためのツールとして、パーソナルカラーのような診断結果を使う。好む色がピンクだとして、診断結果にピンクが含まれていないから諦めるのではなく、どう〝似合わせる〟のかを考える。ピンクの種類は無限にありますし、組み合わせ次第で見えかたも変わるわけですから、どうアレンジして、自分のほうに引き寄せるのか。試行錯誤を続けていけば似合う方法が必ず見つかります。

青みのある赤リップをバシッとつけたいけれど、顔的には黄みのあるブラウンが似合うということであれば、ベースをブラウンで作って赤のグロスを上に重ねるとか。レイヤード次第で色々と楽しめるのが色の面白いところです。

話はOSAJIに戻りますが、OSAJIのカラーアイテムはパーソナルカラーのような診断結果を気にすることなく使っていただける設計を目指しています。そういうことを考えるのが得意ではない人や、メイクが苦手な人にも使っていただきたいから。そこには「透明感」というギミックがあります。肌色が透けるような発色だから顔から浮きにくいわけです。好きだな、と思う色を手にとれば良く、いつもの顔の延長線上で楽しんでいただくことができると思います。それも簡単に。

ただ、その中でも顔写りの良し悪しは多少あるわけで、そこを研究することは、メイクの楽しさを知ること、ひいては自分の顔を好きになることにつながります。これはファッションにも言えることではないかと思います。

好きな色を楽しむことによる精神的なメリットは大きいです。好きなのに似合わないと諦めず、少しの工夫をすることで、その色は必ず自分のものになります。

40代からの、美しさの作りかた

外へ向けていた目を、一旦閉じてみる

40代になって思うのは、10代・20代のときとは明らかに「美しさ」の捉えかたが異なるということ。あの頃の私に見えていた「美しさ」は、まだまだ表面的なものでした。当時の私にそう話したら「そんな風に思ってないし。美は内面から来るものだってちゃんと知ってます」と怒るだろうけど、その内面という概念さえも、形式的にしか捉えていなかったきらいがあります。

こんな音楽が好きだからこういう服を着ようとか、こんな表情をしたいからこういうメイクをしよう、こういうことに感動したいからこんな場所に出掛けよう……若いときに意識していた美は、いま思えばその多くがなにかを模倣したものでした。

それでいいじゃん？　という話なんですけどね。私は模倣については肯定的で、素敵なものや人からセンスを盗んでなんぼだと思っています。それらの積み重ねで自分というものが少しずつでき上がっていくのだから、堂々とやっていい。むしろ40代になっても模倣はしまくっているし、一生続けていきたいです。

ただ40代のいま、外側だけに答えを求める姿勢に限界を感じているのもまた事実。外へ向けた目を一旦閉じて、自分という機械のメンテナンスをしてあげる必要があるんですよね。目的地だけリストアップして出発！　じゃなくて、そこへ行くための車をちゃんと掃除して、油を差して、というように手入れしていかなくちゃいけない。この車は買ったばかりの新品ではないからです。

逆に手入れ次第でマシンの性能は上がっていくことも期待できるわけで。性能というのは健康状態ということなんですが。元気があって初めて、安心して美しさを追い求められるなと思います。

自分のクセを受け入れられるのが40代

40代ってすごく絶妙な時代で、人生のちょうど中間地点というか。若い頃に思いを馳せることと、未来に向けて思いを馳せることが同じ熱量でできる感覚があります。その距離が等しいのです。

「もう若くない」と当たり前に思っている。そのいっぽうで若い頃と完全には決別できていない。人生の先輩たちから見たらまだまだ未熟な若造なのに、なんだかいつも腰が痛い、疲れやすくなった、風邪をひきやすくなった、なんてことになって「こんな不調、若い頃はなかったのに」「昔は徹夜しても大丈夫だったのに」などと、若いときと比べて嘆いてしまうこともある。やや、若さというものに未練が残っている。でも、そういった不調を経験していくからこそ、自分の体のクセがわかってくる。体だけでなく精神にも言えるのですが、考えかたや感情のクセみたいなものがようやく掴めてくる。これは中年の醍醐味のひとつだと思います。

クセが分析できれば対処もしやすくなる。だから自分の性質との相性でケアの方法を見つける、という視点が持てます。筋トレとヨガとランならどれが合っているのか。短距離走派か長距離走派か？　性善説派か性悪説派か？　こうでありたいという理想をひとまず横において、自分の素質との相性だけで考えてみることができる、それが中年だと思います。自分を俯瞰できると、楽に解決できることがたくさんあります。

自分は神様からの借り物かもしれない

私は自分のことをコンプレックスの強い人間だと自覚しています。顔も体も性格も、イヤだな〜ってところが数え切れないほどあります。

でも、あるとき思ったんです。「果たして、どこまでが自分なんだろう？」と。めちゃくちゃ極端な話、死ぬと肉体は崩れて消えていき、精神はどうなるのか知らないですけど、輪廻《りんね》転生《てんしょう》でもするんでしょうか？　だとしたらいまの自分じゃなくなっちゃうわけだし。そうしたら、自分がコンプレックスを持っているものって、いまはなんとなく自分の所有物みたいにおこがましくも思っているけど、意外とそうではなくて誰か（神様等）からの借り物だったりするのでは？

なんてふつふつと考えていると妙に冷静になってしまい、この借りている素材を丁寧に扱ったほうがいいのでは、自分の子どもや、飼っている猫や、なんなら好きなアイドルなどを見るような目で、自分を見てもいいのでは？ とほんの少しだけ思うようになりました。

自分を慈しむことが大切なのは間違いありません。「自分は借り物」的な目線を持てれば、自己肯定しなくちゃ！ と意気込まずとも、もっと肩の力を抜きながらできるのかもしれません。そして自分が美しくいられる在りかたについても、冷静に、かつ期待を持って考えることができるような気がします。

香水が広げてくれる世界

香りの嗜好性

いまでこそ香水が大好きですが、そう言えるようになったのは結構最近のことです。私はＴＰＯや季節で香りを使い分けることはほとんどなく、これと決めた香水をひたすら使い続ける傾向にあります。

最初に夢中になった香水は、１９９４年に発売したコム デ ギャルソンの香水。それまでも香水には興味を持っていましたが、なんだかどれも同じ香りに感じてしまい、これといったお気に入りを見つけられずにいました。香水といえばフローラルがほとんどだった当時、ギャルソンの香水はかなり尖っていて、カルダモンやコリアンダー、ナツメグ、クローブ、ブラックペッパーなどのスパイスに、ローズやアンバー、サンダルウッドが合わさった、かなりエキゾチックな香りでした。インドが大好きだった当時の私はこの香りにすぐさま夢中になりました（いまでも愛用しています）。

その後色々な香水を使っていくのですが、嗜好の原点にはいつもギャルソンがあります。手を出すのはいつも、サンダルウッド、フランキンセンス、アンバー、パチュリのような重めの香りと、スパイスを合わせたようなニュアンスのものばかりです。

香りは音楽に似ていると思います。その香りが持っているムードが自分の感覚をどれだけ揺さぶってくれるのか。本当に好きな香りに対しては、恋に落ちるように全感覚が平伏《ひれふ》すのがわかります。私のとても狭くニッチな香りの嗜好性は、世の中に数多《あまた》ある香水とはことごとくフィットせず、たまにものすごく強烈に好きだなと思うものを、陳列棚の片隅に発見するのです。同じ香水をずっと使うのは、替えがきかないということも影響しているかもしれません。

感覚を刺激する香りの面白さ

20代後半からオーガニックコスメの仕事をはじめ、そこで精油の魅力に開眼しました。勉強していくうちに、それまであまり興味を持つことがなかったフローラルやハーバルな香りの良さも理解していくようになり、特にダマスクローズが大好きになりました。これとこれを組み合わせるとこういう香りになるんだ、ということもわかってくると、香りを作ることが楽しくなり、商品開発に活かすことができました。

そうすると、かつてはどれを試しても似たような香りと感じていた香水の世界も、とても色鮮やかなバリエーションに富んでいるということが理解できるようになってきました。香りの嗜好性は相変わらずなのですが、「好きな香り」と「興味のない香り」

の2色しかなかった色鉛筆が、突然100色、200色に変わったという感じです。ジャスミンとユリの違いや、シナモンとバニラの違いもじゅうぶんに理解できますし、自分の嗜好性とは異なる香りであっても、ひとつのエレメントとして香りを見て、その魅力を取り扱うことができるようになった気がします。

改めて、香りは音楽に似ているなと思います。特定の曲を聴くと、昔失恋したときの気持ちがありありとよみがえる……なんてことがあると思いますが、香りも同じなんですよね。嗅覚が大脳に直結していることで、記憶を司る場所に信号が送られ、特定の記憶が呼び起こされるのだそうです。

また、姿かたちがないという点でも、香りと音楽は似ています。目に見えないからこそ、香りのエレメントが持つストーリーやムードを使って、情景や感情、温度感を表現することができます。香り（と音楽）は、物語をつむぐことができるのです。

香水を選ぶときに気をつけること

「どうやって自分に合う香水を選んだらいいですか？」と訊かれることがありますので、私が考える方法を書いてみます。

まず、自分がどんな香りに心惹かれるのかを自覚することです。誰しも、なんとなく惹かれてしまう香りがあるはずです。香水でなくてもいいんです。植物の香り、雨上がりのコンクリートの香り、初夏の草原の香り、アイスクリームの香り、母親の香り、紙の香り……なんでも結構です。それを書き留めておき、もし複数あるなら、そこにひそむ共通点についても考えてみます。

次に、自分がなりたい人物像をイメージします。芸能人のように実在する人でもいいですし、知的とかクールとか明るいとか、人物像を表現する言葉のみでもＯＫです。ファッションや雰囲気も説明できるとさらにいいでしょう。特定の人物であればその人のどこに惹かれるのか、そしてなぜ自分はこの人物像に惹かれるのだろう？　というところまで考えます。

ふたつの分析結果をもとに、そのイメージに合致する香りを探してみてください。ご自身で探してもいいですし、香水を扱うお店のかたに伝えるのもおすすめです。イメージに合ったものをひとつやふたつ、必ず出してくださるはずです。

また、香水は時間が経つと香りが変化していくものがほとんどです。最初はお試しだけして、最後まで好みの香りが続くかしっかりと検証することをおすすめします。

香りは目に見えない服と言ってもいいと思います。自分がそれを纏うことで満足することはもちろん、他者とのコミュニケーションにも大いに役立ちます。選んだ香りが、その人の印象を作っていくのです。

自分の肌と、人生を併走する

肌老化を実感した、30歳のある日

肌の「たるみ」を突然理解したのは30歳のときでした。ある日鏡を見てふと、これまでに経験したことのなかった「ハリのなさ」を感じたのを覚えています。その日に突然たるむはずはないので、実際は少しずつ変化していたのだと思いますが。

加齢によって肌がたるむという事実は、もちろん知っていました。ですが正直、それまでは概念としてしか理解していませんでした。重力に逆らう力が衰えていくからたるんでしまう、というひとつの道理。それ以上でも以下でもなかったのです。

しかしたるみを実感したその日から、人の肌を見る目がギュインと変わりました。精度のいいスコープがついたように、たるみをリアルに捉えることができるようになったのです。たとえば、私よりも歳上のハリウッドスターたちの顔。それまではただ「きれいだな」とか「このメイクが似合うな」くらいのことしか見えていなかったのが、ハリの失いかたや、それによる肌質感の変化などが手に取るようにわかるようになりました。ハリがあったときには実感することのなかった肌の薄さややわらかさについても、写真や映像から想像できるようになりました。

加齢による肌の変化には、往々にして歓迎したくないことが多いものです。ですが、自分のこととして実感して初めてわかることがこんなにも多いのか！　と感動してしまったのも正直なところ。私はたるみを感じはじめた時期に、肌にハリを与えるエイジングケアクリームを愛用していたのですが、肌にピタッと吸いつくようになじみ、キュッとリフトアップしてくれる感覚に、毎日面白さを感じていました。

自分の肌を管理する決意

私は42歳のときに肩書きを「ビューティライター」としました。自分の容姿やライフスタイルが「ビューティ」とは程遠いという認識を持っていた私にとって、それはかなりのチャレンジであり、「ビューティ」をつけるのならば、少し自分の美容意識に活を入れねばいかんなと思いました。

そこで、自分の顔と向き合うため、まずはスキンケアを丁寧にやるようになりました。といっても、しっかりと洗って保湿をする、基本はこれだけです。具体的には、メイクをしたまま寝ない、肌をこすらない・ひっぱらない、きちんとすすぐ、プロの指導のもと定期的にマッサージを行う、化粧水をハンドプレス（もしくはコットン）で時間をかけてなじませる、といったことに気を配りました。

そしてとにかく自分の顔をよく見るようにしました。肌状態に合わせてクレンジングや美容液、クリームを使い分けたり、自分の顔が好きじゃないのならそれはなぜなのか、好きではないパーツはどこで、どうして気に入らないのかなどをじっくり見るようになりました。そうすることでそのパーツと少し仲良くなれる、というのでしょうか。嫌いだから避けていたけれど、腹を割って話してみたら意外と距離が近くなった——みたいな感覚で、付き合いかたを工夫しようと考えるようになれました。

そんなことを3ヶ月くらい続けたら、明らかに肌の状態が変わりました。生理前、顎周りに必ずできる吹き出物や小鼻周りの赤みが減り、血行が良くなって透明感が出てきたのです。悩みがなくなったわけではありませんが、なによりも、自分の顔を管理できている感覚が生まれました。

肌に対して「線の視点」を持つ

よくスキンケア商品のコピーなどで「自分の肌と対話する」「自分の肌を観察する」という表現が出てきます。私はそれについて、これまでわかっているようでわかっていなかったな、と思います。「今日はちょっと乾燥しているかもしれない」とか「疲れているから簡単に済ませたい」とか、肌状態や気分によってスキンケアを選ぶということは、もうずっとやっていたつもりでした。ですが、昨日の肌と比べてどうか？　とか、自分の肌にどうなってほしいのか？　といった、点ではない「線の視点」は持っていませんでした。この視点が入ると、自分の肌と人生を併走しているような、仲間意識のようなものが生まれるのだとわかりました。

そして、このように40代から日々のスキンケアだけで変化を実感することができた、というのは「ビューティライター」を名乗るうえでも大きな収穫でした。思い立った今日から、自分の力で変わっていくことができるのです。

いつだったか、友人の美容編集者が「歳を取ると肌トラブルも増えるけど、そのぶんスキンケアの効きがわかっていいよね」と言っていたのが忘れられません。若い肌のままの私であったなら、そういったことはおそらくわからなかったでしょう。

「年齢を上手に重ねたい」と切に思います。それは内面についても、外見についても。若いねと言われたいわけではなく、こんな歳の重ねかたがあるんだ、大人になるっていいな、と誰よりも自分自身が思いたい。肌には、そう思わせてくれるヒントがたくさん眠っているように感じます。

どんな肌が美しいのか。その答えはもちろんひとつではないし、いま現在からの未来をどう生きるのか、という意味合いを含んだ問いのような気がしてなりません。

流行の楽しみかた

流行りものは好きですか

「流行《はや》りもの」と聞いてどんな印象を持ちますか。私は、いまどんなことが流行っているかを知るのがとても好きです。「知っておかなければ流行に遅れてしまう」という意識があるわけではなく、ただ単純に面白いのです。いまの時代にはこういうものが求められるんだ、どうしてだろう？　と考えるのが好きです。

流行だったものがそうではなくなってしまったとき「古くなった」と言われます。私はこれがあまり好きではありません。「過去に流行っていた」という意味にとどまらず「いまさら？ まだそんな話をしているの？」という意味を含んでいることが多く、その断罪するようなニュアンスがどうも気になります。

流行りかどうかということと、そこに魅力があるかということは、まったく別の話だと思います。だから私はなにが流行っているかを知るのは好きだけれど、流行っているものが全部好きかというともちろんそんなことはなく、また流行っているという理由だけで好きになることもないと思っています。もちろん流行っているおかげで知ることができ、好きになれたというケースはたくさんあります。

流行と自分の距離感

思い返せば10～20代の頃は、みんなが好きなものを知るよりも、自分が好きなものを探すことに必死でした。たまたま世の中で流行っているものに惹かれることが少なく、結果として流行にとても疎い人間だった気がします。忘れもしないのですが、1998年のサッカーW杯フランス大会が行われていた頃に、渋谷駅前に中田英寿さんを起用した広告が大きく出ていたのを見て「あの人誰?」と言ったら、一緒に歩いていた友人に「あの人を知らないなんて、安室奈美恵を知らないと言っているようなものだよ!」と驚かれました。それでも「そんな有名な人を知らないなんて恥ずかしいな」という気持ちには不思議とならないんですよね。

いまはひと通り、自分の好きなもの、スタイル、テイストのようなものを掴んでいるため、逆に流行を楽しむ余裕が生まれているのだと思います。「あの人はこんな風に考えるのか、なるほどな」と捉えることができる。それは(私の考えはこうだけど、あの人はこうなんだな)という思考であって、その差異を興味深く思う姿勢が――あるいは差異がない場合もあるのですが――あるということです。それは(私の考えはこう)の部分が空白であったら、成立しない姿勢です。

大人だからこそ、流行を楽しめる

流行しなくなり、旬を過ぎたら価値がなくなるという考えかたは、結構色々なところに潜んでいます。人だってそうではないでしょうか。「もう若くないから」と思ってしまう背景には、同じような考えかたが影響している気がします。これは変化を恐れる姿勢ともとれ、とてももったいないことです。

人は必ず変化していきます。見た目が変化していくだけでなく、興味を持つ対象やものの考えかた、その人にとっての心地よい空気感のようなものも変化していきます。ひとりひとりの中にもまた、流行があるのです。流行とは移ろっていくもので、過去の流行に懐かしさを感じることこそあれ、格好悪さを感じる必要はないのではないかな、と思います。自分の中でのこれまでの流行の軌跡を大切に、いまの自分の流行に敏感になり続けることは、その人の魅力を増幅させるひとつの方法だと私は思います。

また、自分の中の流行を意識していれば、世の中の流行に対しても「これは自分にとって新鮮な魅力があるかどうか」を見極めることができます。そして、その流行が嗜好に合致するものではないとしても、ひとつの現象として興味を持っていいのです。これは大人だからこそできる、流行の楽しみかたという気がします。

haLuna
AYANA
COMME des GARÇONS

COLUMUN

人生を変えた「化粧品」メイク編

メイクアッププロダクトが大好きです。きれいになれる、変身できる、それ以上の喜びをいつももらっています。

CHANEL

shu uemura

「コンパクトミラー」

色々なところで紹介していますが、プロダクトとして完璧すぎるCHANELのコンパクトミラーです。高級感を損なわない絶妙な薄さと軽さ、等倍鏡と拡大鏡が両面に配置されている機能性の高さ、蝶番などが一切見えない隙のない構造。どこをとっても文句なし、扱う人間の背筋をぴっと伸ばし、所作まで美しく変えてしまう力を持っています。私は自分の顔があまり好きではなく、慣れるために鏡を見る頻度を増やした時期があるのですが、そんなときに鏡が美しいと、少し見るテンションを上げてくれると実感しました。メイクが苦手、美容が苦手と相談を受けたとき、まず美しい鏡を持ち、自分の顔と仲良くなることを、私はよくおすすめしています。

「アイシャドウ」

shu uemuraのアイシャドウには特別な思い入れがあります。メイクアップアーティストになりたいと勉強していた頃、店舗で働き色を作っていた頃、いつも傍にはshu uemuraのアイシャドウがありました。これは2000年あたりに発売されたフルールというシリーズのパレットですが、特にこの4色が好きというより、すべての色が好きでした。随時100種ほど揃っていて、色相・明度・彩度でセグメントされているのも良かった(当時そんなブランドは他になかったと思います)。顔の中で唯一色に制限のないアイシャドウの世界があったから、私はメイクアップが好きになったのだと思っています。この色に対する感覚は、いまも化粧品開発の仕事に活かされています。

TOM FORD

「赤リップ」

「これは自分に似合う」と初めてしっくりきた赤リップはTOM FORDのものでした。赤リップは難しいです。ひと口に赤といっても、青みと黄みのバランス、透明感、質感などでガラッと表情を変えるし、肌色との兼ね合い、パーツとの相性、求めるイメージ、そのどこかにズレがあると不協和音が生まれてしまうから（ピンクやオレンジ、ブラウンはもっと気楽に選べるのですが、赤は本当に緊張してしまいます）。このCRIMSON NOIRというカラーは、少しの青みを含んだ深い赤で、TOM FORDらしいエレガンスが詰まっています。残念ながら廃番になってしまったのですが、この色をヒントにすることで、似合う赤リップを探すことがずいぶん簡単になりました。

NARS

「コンシーラー」

昔からファンデーションはリキッドが好きで、ずっと下地→ファンデ→パウダーの流れが鉄板でした。しかし年齢を重ねて肌が薄くなり、ファンデを重く感じる日が出てきました。そんなとき、肌全体はUVケアだけしっかりして、部分的にコンシーラーを使って肌を作ってもいいな、と思わせてくれたのがNARSのふたつのコンシーラーです。私はそれまで、吹き出物やクマなどポイントでカバーすることにしかコンシーラーを使っていませんでした。しかし「超カバー力の高いファンデ」として広めに使うと、ごくごく少量でびっくりするくらいきれいに仕上がることがわかりました。しかも薄膜。そこから開眼し、多様な質感のコンシーラーを使い分けるまでになりました。

OSAJI

「ニュアンスフェイスカラー　核心」

OSAJI メイクアップコレクションの開発に携わり、5シーズン目に手がけたニュアンスフェイスカラーの「核心」という色です。かなり深いレッドブラウンで、アイシャドウ、チーク、リップに使うことができます。これはOSAJIで初めて「自分が欲しい色を作ることができた」という手応えを持てた商品です。OSAJIは私のブランドではないので、私はいつも「あくまでも（自分ではなく）OSAJIのお客様のためにカラー開発をしている」と意識するようにしています。しかしこの「核心」においては、作り手としてのその気持ちと、私個人が「こんな色が欲しかったんだよ～！」と無邪気に喜ぶ気持ちが自然に交錯したのです。これはとてもうれしい出来事でした。

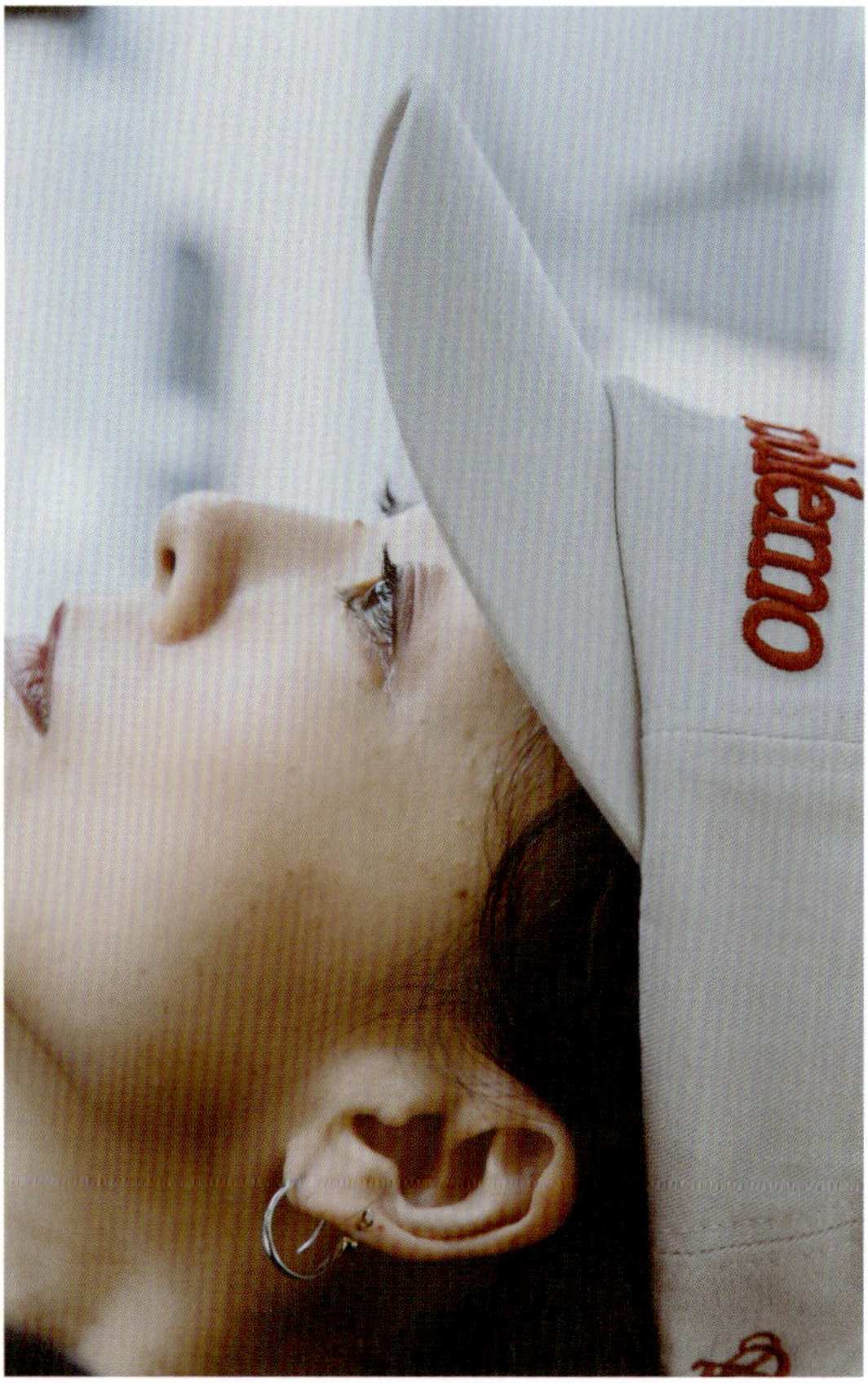

3

「趣味」

BTSが開いてくれた韓国への扉

BTSにハマった理由

2020年の秋、突然BTSにハマりました。好きになる過程には段階があり、最初はファッションでした。「BTSはおしゃれだから、AYANAさんはハマると思いますよ」と友人に言われた通り、コレクションブランドと新鋭のブランドをうまくミックスしたスタイリングは日本のタレントにはなかなか見ることのできないもので、とても新鮮に映りました。その後ひたすら音楽を聴き続けていくうちに、どんどん耳に残る曲が出てきて、YouTubeでMVを観はじめ「ON」のダンスにやられました。

私が特に魅了されたのは、メンバー7人の人間性とケミストリー、トレンドを研究し尽くした楽曲の作り、そしてビジネスモデルでした。二度と同じものは見せない徹底したパフォーマンス、どこまでも深掘りできてしまう世界観作り（楽曲やMVの解釈を巡って、ファン同士で討論が行われるほど）、アルバムや新曲のリリースのしかた（1曲につき何種も発表されるMVや、カムバ①、ティザー②、スミン③などのシステム）、強力なファンダム④文化。音楽番組に出演すればすぐに公式サイトから映像が上がるスピード感、アーティスト本人がセルカ等を頻繁にアップするため、ＳＮＳやYouTubeの更新頻度が異様に高いこと……なにもかもが初体験だったのです。特にWeverse⑤やV LIVE⑥などのファンコミュニティの使いかた（アイドルが直接ファン個人にコメントすることもあり距離が近い）は衝撃でした。またそのほとんどすべてに翻訳機能が完備され、ハングルが理解できなくともまったく問題ない敷居の低さがありました。

実際は、ＢＴＳ独自のビジネスモデルというわけではなく、K-POP界全体の流儀だったのですが、私はこれまで少女時代くらいしか好きになったことがなかったので、本当にカルチャーショックを受けてしまいました。「こんなやりかたがあるんだ」「こんなのアリなんだ」と毎日思っていた気がします。

韓国コスメの仕事を通して

これまでも「若い人たちの間で韓国が人気」という認識は持っていましたし、韓国っぽいメイクやファッションのニュアンスはなんとなく掴んでいました。ですが２０１９年あたりから韓国の化粧品ブランドの仕事をお手伝いするようになり、いわゆる韓国コスメについて意識的に見る機会がぐっと増えました。

韓国コスメを多数扱う販売サイトなどを見ていると、同じようなコンセプト、同じような売りかたの化粧品が実に多いことに気づきます。ひとつの成分が流行ると、多くのブランドがそれについての商品をこぞって出してくる。もちろんそれは日本でもあり得ることですが、日本はやれ特許成分だ、ブランドイメージだ、と守るものが多く、なかなか韓国のようにグイグイ行けないところがあります。化粧品の容器も、韓国ではユニークな形状・ギミックのものがどんどん出てきますが、日本では新しいデザインの容器を作るにはある程度の資金が必要で、特殊形状の容器は安全性の試験も綿密に行われるため、とにかく開発に時間がかかります。韓国からは「まずはとにかく作っちゃお！」という空気を感じ、なんて自由なんだろうと驚きました。

韓国の通販サイトで化粧品を買うと、必ず「オマケ」がついてきます。試供品程度なら日本も珍しくありませんが、口紅とグロスが1本ずつとか、シートマスクが数枚とか、いちいち豪華なのです。これは韓国アイドルのアルバムなどを購入しても感じることです。シール、カード、ポスターなど、オマケがたくさんついてきます。

全体を通して、圧倒的な量と速度を感じるのです。とにかくまずやる、過剰なくらいにやってみる。そしてダメならすぐやめる。そんな韓国のビジネスモデルに、ＢＴＳを好きになるほどにハマっていく自分がいました。

韓国と日本の異なった気質

実際、韓国には「パリパリ文化」というのがあるそうです。「パリパリ（빨리 빨리）」とは「早く早く」を意味し、スピード勝負のせっかちな精神が急いでやる文化を作っているのだとか。結果を出すことにシビアですが、いっぽうでは仲間や家族を大切にし、手厚くサポートする空気もあります。言い合いも多いけどスキンシップも多い感じ。

日本ではどちらかというと、和をもって貴しとなす、急がば回れが良しとされ、焦るときほど熟考したり、あらかじめ不安要素を潰してリスクヘッジし、誰も嫌な思いをしないよう気を遣います。結果ももちろん大事だけど、どれだけ努力したかも大事。スキンシップは控えめで、喧嘩や揉め事を避ける傾向にあります。

どちらがいいという話ではないんですが、いまの韓国からはとにかく勢いを感じます。勢いがあると変化や成長も目まぐるしく、それが新鮮に映るんですね。

また、韓国は自国文化を大切にする印象があります。アイドルの料理バラエティ番組にはいつも韓国料理が登場。外来の食べ物も自国流にアレンジするのが上手です（ヤンニョムチキンやラーメンなど）。日本はその逆で、世界中の料理を「本場の味で」美味しく食べるのがいいという、オリジナルを尊重する価値観がある気がします。

私はこれまであまり「日本らしさ」や「日本文化」を大切に生きてこなかったような気がします。人はひとりひとり違うし、国は関係ない——と思っていたかも。でも、韓国の文化にこうして触れることで、日本が持つ素敵な「らしさ」に目を向けて、大切にしていきたいなと考えるようになりました。そのうえで、韓国からいい影響をたくさん受けたい、とも思っているんです。

①カムバ：新曲や新アルバム発表の際に行われる一連のプロモーション活動のこと。

②ティザー：新曲リリースまでの一定期間、SNS等で情報を少しずつ公開していくことでファンの期待値を煽る手法のこと。

③スミン：ストリーミングの短縮形。韓国では音楽番組のチャートにストリーミングサイトの再生回数が大きく影響するため、ファンは新曲が発売されるとこぞって連続再生し、アーティストの活動に貢献する。

④ファンダム：アーティストのファンたちが連帯したもの。スミンや他言語への翻訳など、アーティストの活動の後押しを協力して行っていく。多くのK-POPアーティストには独自のファンダム名がある。

⑤Weverse：アーティストとファンが直接交流できる韓国のオンラインプラットフォーム。アーティストごとにチャネルが存在し、コンテンツの配信やEコマースとの連携も。

⑥V LIVE：韓国のライブ動画配信サービス。アーティストがトークやパフォーマンスをリアルタイムで配信できる。

積《つ》ん読《どく》の話

本が運んでくれるセレンディピティ

なにかにつけて、本屋に頼ります。仕事で新しいブランドのコンセプトワークを任されたときや、慣れないジャンルの取材仕事が入ったとき、マーケティングの勉強をする必要にかられたとき、新しい知識に触れたいとき……向かう先は、まず本屋です。メイクアップの専門学校に行っていた頃は、課題のテーマを考えるにあたって化粧品売り場ではなく本屋へ直行していましたし、海外の雑誌やアートブックをチェックするために本屋に行くことは昔から生きがいのひとつと言えます。

本屋ならいくらでも時間が潰せます。本棚の端に小さな椅子が置いてある大型店に入ろうものなら、めぼしいものを10冊くらい持ってどかりと座り、じっくりと流し読みして吟味します。もちろん、気に入った本は惜しみなく購入します。

行けば必ずなにかしらのヒントをもらえるのが、本屋という場所の魅力だと思います。ぶらぶらと当てもなく歩いていると、おや？　と目に入ってくるタイトルや装丁があります。マーケティングのことで悩んでいるときに、もちろんマーケティングの専門書コーナーは見ますが、全然関係ない絵本やレシピ本、旅の本のコーナーに、おや？というものがあるのです。軽い気持ちで手にした本から思いがけない解決の糸口が見つかったことは一度や二度ではありません。

いまはなかなか書店へ頻繁に行くことがかなわなくなってしまい、ついついオンラインで本を買ってしまうのですが、どうしても「ぶらぶらと見てまわる」感覚が得にくく、いわゆるセレンディピティ（偶然素敵なものに出会うこと）の機会を逃している気がします。

読む量よりも、買う量のほうが多い

本については、昔からとにかく財布の紐が緩いです。本とは雑誌も含むのですが、海外のモード誌を愛読していた大学生の頃は、イタリア版のVOGUEが1冊6000円で販売されていました（その後代理店が変わって2000円程度になってくれたのですが）。それでも、どうしても欲しいと思うものは食費や服飾費を削る目処《めど》を立てては買っていましたし、1冊3000円までなら悩まず買っていいという謎のルールを設けていました。

いまは1冊6000円だろうが1万円だろうが、いいと思ったら割とすぐに買ってしまいます。雑誌は特に販売期間が短いし、悩んで後悔するなら買って後悔したほうがいいと感じているからです。化粧品や美容関係の専門書も高いものは高いですが、気になったものはすぐに買います。もちろん美容誌をはじめ雑誌も大好きですし、小説もビジネス書も好きです。だから当然、全部をじっくり読み倒すことはできていません。いわゆる積ん読です。

買ったはいいが、パラパラとめくるだけで読んでいない本。これが我が家には結構あります。でも、前に買ったものも読み切っていないのに新しい本を買うなんて……とはまったく思いません。じっくりと読みたくなるときがいつか来る可能性が高いからです。いつ読みたくなってもいいように、本棚にずらずらっと並べたり、文字通り床に積んだりして、未来の自分の目に入るようにしておきます。

「立ち読みは家の中でするべし」

もう10年以上前だと思いますが、インターネットのどこかで「立ち読みは本屋でなく家の中でするべし」といった趣旨の一文を読んだことがあって、これが心の中にずっと残っています。最初は「家の中で立ち読みをするっていうのはどういう意味だろう？」と思いましたが、確かに本屋での立ち読みと、家の中での立ち読みは違います。

自分のテリトリーで、自分の所有物である本を立ち読みすることには、どこか責任感のようなものが付随します。より、脳に植え付ける感覚が強まるというのでしょうか。しかし、立ち読みとはいつどこでやめてもよい気楽なものでもあるわけで、このバランスがとてもいいんです。気楽に頭に入ってくる感じがします。

またこの一文には「家で立ち読みってアリなんだ！」という驚きもありました。しっかりと読んでいくのではなく、気になったところだけパラパラめくる。そしてまた本棚に戻す。そんなラフな付き合いかたをしてもいいんだ、という安堵感。

家にものを置きたくなくて、本を買って読んだらすぐに処分してしまうという人もいますよね。私は、飽和状態を超えた時点で多少間引くことはありますが、読んだらすぐにさよならすることはほとんどありません。また、本を積極的に汚します。ラインを引いたり、ページに折り目をつけたり、付箋を貼ったりします（アートブックはその限りではありませんが）。そうすることで、本棚に戻して何ヶ月、何年経った後でも、あのときはここに意識が向いたんだ、と思い出す楽しみもできます。

積ん読＝放置ではなく、いつでも立ち読みができる本たちの集積、なのです。書店に行くことが減ったぶん、家の中でのセレンディピティの機会は増えているいると言えるかもしれません。

キッチンにあるものを選ぶ感覚

住まいを整えるって難しい

インテリア特集の雑誌で、多様な職業のかたたちが、自分の住まいを紹介しているページを見るのが好きです。間取りからチョイスされたインテリアまでがその人を語っているようで、こんなパーソナリティの持ち主かなと想像するのも楽しいものです。だいたいそういったページに掲載される人（とその空間）は、特定のスタイルを持っています。コンテンポラリーだったり、オリエンタルだったり、ポップアートだったり。きっと決まったキーワードをもとにインテリアや空間をまとめていて、それ以外のものは置かないなどの努力も怠っていないはずです。

憧れて、私ならどんなインテリアでまとめようか？　なんて妄想もしてしまうのですが、それを実現して素敵な空間を作り上げるには、私の住まいはあまりにも雑多でものが多いです。よく「あるべき場所に戻せば部屋は散らからない」と言いますが、私の場合は日々ものが増えるので、決まった場所を作るのもひと苦労です。家が狭いからこうなるのかなと思ったこともありましたが、広ければ広いだけ、それに見合ったものが増えてしまい、結果煩雑な空間面積が増えるだけだなといまは思っています。

器や調理器具を選ぶとき

なぜものが増えてしまうのか。それは新しいものを買うからです。特に本・服・化粧品は私にとっての「三種の神器」と申しますか、繁殖スピードがだいぶ速めです。

唯一、ものをそこまで増やさず「あるべき場所に戻せばＯＫ」が成立する空間があります。それがキッチンです。三種の神器だと「良さそう」と思った瞬間に買ってしまいがちですが、調理器具や食器になるといきなり慎重になります。鍋が欲しいと思ったら、かなり色々なサイトを見て比較検討し、納得してから購入します。

キッチン周りのものは一度手に入れたらかなり長く、そして毎日のように使うため、「とりあえず買う」や「間に合わせで揃える」となることはまずありません。使うたびに「もっといいものがあったのでは？」と後悔するのはつらいですから。

購入の条件もかなり明確にあり、作家さんのアーティスティックな一点ものや、デザインが凝ったものはあまり買わず、量産可能な工業製品然としている丈夫でシンプルなもの、機能性が担保されているものを好みます。器ならイッタラのティーマや、友人でもある石井啓一さんの作品に絶対的な信頼を置いています。

いいものを長く使う意味

大学生のときバイトしてお金を貯め、メイクアップの専門学校に通っていました。授業料もさることながら道具代が高く、いまでも覚えていますがいちばん高価なアイシャドウブラシが1本1万2000円でした。ブラシは全部で15本くらい買いましたし、レザーのブラシケース、メイクボックス、もちろん化粧品もスキンケアからメイクアップまで……居酒屋のバイトで貯めたお金がみるみるなくなっていきました。

先生は「高く感じるかもしれないけど、最初から本物を丁寧に使っておいたほうがいい」と言っていました。その意味を、当時は「本物のほうが格好いいもんね」くらいにしか捉えていなかったのですが、いまならいい道具は長く使うことができることや、自分のツールの品質が、ものごとの分別の基準となることがわかります。

これって私が食器や調理器具について持っている感覚とかなり近いので、私はキッチンにあるものを道具と捉えていて、その価値観を作ってくれたのはメイクアップの専門学校だったんだな、と気づきます。

「暮らし」「住まい」の文脈で語られることの多いキッチン。空間を素敵に整えることはできないけれど、吟味して選んだキッチンツールは、これからも大切にしていこうと思います。

アートが私にくれるもの

アートについて思うこと

アートという言葉の意味について、ときどき不思議に思います。絵画や写真や映像やインスタレーションや、その他さまざまな芸術作品を指すような気もするし、自然界、この地球上のものすべてがアートと言われるとそんな気もするのです。

「好きなアートは？」などと訊かれると、このように考えはじめてしまい、はっきりと答えられないまま、脳がバグってしまいます。さらに「アート」という言葉にはなんとなく高尚なイメージがあるんですよね。よく知らない私が、アートを語ってすみませんという居心地の悪さを少しだけ感じてしまいます。それでも「アートは好きですか？」と尋ねられたなら、私はイエスと答えるでしょう。

アートに救われた経験が、これまでにたくさんあります。作品を前にすると色々な感情や感覚が揺り動かされ、生きるためのエネルギーやヒントをもらえる気がします。その効果を期待する意味もあり、よく美術館やギャラリー、アートブックを扱う書店に足を運んでいました。

アートはひとつの学問とも捉えることができると思います。歴史や、印象派、ポップアート、シュルレアリスム、琳派などといった体系的なことについて学んだり、作品に込められたメッセージやコンセプト、技法、作家のキャラクターなどを深掘りしていくことができ、そこには知識欲を刺激してくれる世界が広がっています。

デュシャンの作品を鑑賞する

好きな芸術家のひとりに、マルセル・デュシャンがいます。おそらくもっとも有名な作品は男性用小便器を使った「泉」で、レディメイド（既製品を用いる手法）の概念を美術界に持ち込んだと言われる人です。彼の作品はレディメイドだけではありませんが、予備知識がなにもない状態で鑑賞すると「これはいったいなんだろう？」とまず思ってしまうものが多いです。

たとえばセザンヌの「サント＝ヴィクトワール山」やボッティチェリの「ヴィーナスの誕生」は、ある意味タイトルのままの絵がそこに存在しており、少なくとも「なにが描かれているのかわからない」と思う人は少ないはずです。でも、デュシャンはそうではありません。難解と言っていいと思います。

ここで、いったいデュシャンがなにを考えてこのような作品を作るに至ったのか、彼が人々に伝えたいことはなんなのか、といったことについてあらかじめ調べてから作品を鑑賞すると、理解が深まるのは間違いありません。実際、デュシャンの哲学を紐解く書籍も多く出版されています。

ですが私は、なんの予備知識もなくデュシャンの作品を見たときに、なんだかわからないけれどもすごく圧倒されると同時に安心し、心の底から魅了され、精神が興奮と静寂に同時に包まれるような感覚がありました。あの感じは、予備知識があったら得られなかったように思うのです（特に「大ガラス（彼女の独身者たちによって裸にされた花嫁、さえも）」という作品が好きです）。

意味を求める前に、感覚を喜ばせる

作者の意図を正確に読み取ることは、なにかしらの「正解」「真理」を知ることになると思います。そして私たちには「わからないもの」に対して「正解を知りたい、真実に到達したい」と思ってしまうところがあります。そこまではいいのですが「正解を知らないと恥ずかしい」「間違った解釈をしていたらどうしよう」となってしまうと、なんだか話が難しくなります。そこに気を取られて、純粋に作品を楽しめなくなってしまうような気がするのです。

実際、私はそのような感覚に陥っていたことが、過去に何度かあったように思います。「自分の好きなアーティストのことをきちんと理解していなければ恥ずかしい」

と。恥ずかしい、いったい誰に？　アートに精通している識者のみなさんに？　それともアーティストに？　いま考えると不思議ですが、その思いが強いあまり、作品を解釈することに夢中になってしまいました。すると作品を見て自分がどんな感覚を受け取るのかという部分にフォーカスできなくなり、なんとなく窮屈な鑑賞になってしまうのです。

アートの楽しみかたは人それぞれで、知識や解釈を純粋に楽しめるかたも多くいらっしゃると思いますし、私もそこに大きな意味を感じます。いっぽうで、私にとっては、作品と対峙したときに自分がどう感じたか、なにを受け取ったのか、ということこそが重要であり、そこをおろそかにしてしまってはもったいないのだ、といまはわかっています。その作品がなにを表現しているか不明であってもそれは大きな問題ではなく、極端な話、作者が誰かわからない状態でまず鑑賞するくらいがいいのではないかと感じています。自分の感覚を喜ばせ、鍛えるために、私はアートを愛します。

アートを知識とともに楽しむのもいい。でも、知識がないまま楽しんでもいい。「大ガラス」を前にしたときの感覚を、私はいつもアートに求めています。

文章を書くということ

言語化した結果、文章になる

なぜライターになったのですか？　と尋ねられることがあります。私はいつも「たまたまです」と答えます。文章を書く仕事に憧れたことはありませんでしたし、学生の頃などは、文章を書く仕事といえば小説家とエッセイストくらいしか知らなかった気がします。作文や小論文の授業も苦手で、うまく書けたことはほとんどありません。

いまでも、ライターってどんな仕事なのか、よく説明できません。ライターは特に資格がなくても、自分が決めてしまえばその日から名乗ることができます。ひと口にライターと言っても、本当に色々な才能を持ったかた、色々な仕事をしているかたがいらっしゃいます。

ライターを名乗って10年、日々なにかしらを書いていますが、自分の才能の限界に嘆くことは大いにあっても、書く行為に飽きることはまだありません。とても恵まれていることだと思います。そしてまた、私は文章を書いているという意識を、実はあまり持っていないのです。私がしていることは単純に「言語化すること」なのではないかと思っています。

ビューティライターなので、書く題材は化粧品や美容、ブランド、あるいは流行についてや、魅力的な人々にまつわるものが多いです。たとえば化粧品のテクスチャーや香り、ブランドに込められたメッセージ、取材対象者がなにを考えているのか……そういった、言語化することでより理解が深まることを、言葉で明らかにしていくような感覚が好きなのです。なにより自分がすっきりしますし、さらにそれが誰かに伝わって、その人の心が動くようなことがあったら、それは私にとってこの上ない幸せです。

「自分らしい文章」の秘訣

いま私はEMOTIONAL WRITING METHOD（エモ文）という、オンラインの文章講座をやっています。「ライターってどんな仕事？」とか「いい文章とはなにか？」と訊かれても、いまひとつうまく答えられない私がなぜそんなことをやっているのか。それは、私がライターとして仕事をしているときに使っているひとつの感覚、感情があり、それが作用しているからこそ自分らしさを持ちながら、かつ客観的に言語化することができているのだと、あるとき理解することができたからです。

その感覚、感情とは「好き」です。もっと言えば「感動」です。

自分らしい文章とはなにか？　ということをエモ文では大切にします。その「自分らしさ」を担っているのが「好き」であり「感動」です。なにをどのように好むのか、なにに心を動かされるのか、それはひとりひとり異なるもので、非常にパーソナルな感覚、感情です。これをうまく使えば、奇抜な文章のスタイルや、独特の言い回しを盛り込むことなどなくても、自分らしい文章に必ず行き着けます。

エモ文をはじめて1年経ち、受講してくださったかたの人数は150人を超えました。実にさまざまな職業のかたがいらっしゃいますが、みなさんに共通しているのは「自分らしい文章で、人にいい影響を与えたい」という気持ちだと、講座をするたびに実感します。

どうすればライターになれますか？　と訊かれても、確実な道を提示することは難しいですが（私もいまは「たまたま」ライターを名乗ることができていますが、来年にはどうなっているかわかりません）、自分らしい文章で人の心を動かすには？　と訊かれたら、幾分お答えできることがあるな、といまは思っています。

他者がいるから、文を書く

「ＡＹＡＮＡさんの文章は、署名（クレジット）がなくともわかりますよね」と言われることがあります。でも、私は独自のトリックを使って文章を書いているわけではありません。ただ、なにか（題材）に対する自分の気持ちを言語化しているだけ、という気がします。

気持ちの言語化は一見とても感覚的な作業のようですが、実は右脳だけでなく左脳もフル回転させる作業である——と私は思っています（とはいえ、自分の脳の動きをデータ分析したことはありませんが）。好きという気持ちをきっかけとして利用しながら、題材の魅力を明確に言語化していかなければならないからです。誰かにその魅力を伝えたいなら、自分だけにわかる表現ではだめですよね。好きで好きでたまらないアイドルの魅力を緻密に表現し、布教するファンの子たちの気持ちに近いです。彼女たち（いわゆるオタクたち）の発信のしかたは本当に勉強になります。

文章を書くとき、これは翻訳家のような仕事なのではないか、とよく思います。伝えたい相手がいるからこそ、翻訳の仕事は成立します。私にとって言語化することはコミュニケーションの手段なのです。

だから世界が空白でなにもなく、そこに私ひとりしか存在していないとしたら、私は文章を書くことをしないだろうと思います。

年齢に合わせて、ファッションは変えるべき？

服は「推し」を表現するためのもの

服は好きなほうですが、特におしゃれというわけではありません。

10代の頃からファッションはスタイルを表現するものと思っていて、その背景には、ミュージシャンに対する多大な憧れがありました。いまはそういう時代ではないですけれど、私が若い頃って、ロックンロールの人、パンクの人、ヘヴィ・メタルの人、グランジの人、ヒップホップの人、ソウルミュージックの人、テクノの人……みんなスタイルがあったんです。そこにアイテムやブランドが紐づいていました。

だからファッションは生きかたを表明するもの、というと大袈裟ですけど、いまで言う推しをアピールするうちわみたいなものだったんです。私はこのカルチャー属性！と世間や自分自身に対して高らかに宣言する手段として、服がありました。

高校～大学生になるとハイファッションに興味が移り、パリコレなんかもチェックするタームに入るのですが、結局やっていることは同じで、自分の憧れのカルチャーがあり、その世界を表現するための服やブランドを選ぶという感じ。その感覚はいまでもずっと続いています。多分死ぬまで、このままのような気がします。

「年相応」の舵を自分で取っていく

ところで「年相応」という言葉、ファッションにおいてもよく使われる表現ですよね。特に「いい大人が、そんな若い子が着るようなものを選んじゃって大丈夫ですか？」という意味合いで使われることが多い気がするのですが、気のせいでしょうか。個人的には、歳を重ねて着てはいけない服なんて振袖と学生服ぐらいだと思っています。事実、70歳でもミニ丈やパステルカラーを着こなす素敵な人は多く存在します。

ただ、どんな服であっても若い頃とまったく同じように着ることは難しい、とも思います。体型、肌の質感、顔の作り、重ねてきた経験の重み（しぐさや表情）が異なるからです。自分の中に起きているその変化（間違っても劣化ではありません）に敏感であることは大切で、それを理解したうえで好きな服を着るのがいい。それこそが「年相応」と言えるのではないでしょうか。

たとえばTシャツというアイテム。若い頃特有のあっけらかんとした、熱量ばかりを持て余したような空気には、カジュアルな古着のTシャツもぴったりフィットします。大人はそうはいきにくい。でもカッティングや素材に少し気を配って選べば、若い頃には出せなかったシックな着こなしも可能となります。

大人であることを誇るために、服を着る

メイクも服も「若い頃からずっと同じなのですが、まずいですよね？」というお悩みを聞くことがあるのですが、変わらないのはいいんです。重要なのは、それについて自分自身がどう思っているのかです。変わらない自分のスタイルが好きなのか？ それとも、そんな自分に退屈していたり、くすぶりを感じているでしょうか？

後者なら変えるタイミングです。私はかつて、コツコツ集めたバンドTシャツを全部捨てたことがあります。それは鏡の中の自分を見て「あ、これはもう似合わないわ」と判断したからであって、この歳になってバンドTなんて恥ずかしいからやめておこうかな、みたいな感覚ではありませんでした。

では、似合う／似合わないはどうジャッジするのか。

ひとつの基準として私が持っているのは「貧乏くさく見えないか？」ということ。「お金がなさそう」とか「服が安そう」ということが、イコール貧乏くさいにつながるわけではないのですが、「似合う」というのは、着ていて内面が豊かそうに見えるかどうか、ということなのかなと思います。若いときはファッションの方向性を模索していたり、まっさらな状態の美しさを持っているけれど、大人は多くの経験を重ねているわけですよね。それが美しく見えているのか？ ということかもしれません。だから「年齢に合わせて、ファッションは変えるべき？」の答えはＹＥＳだと、私は思います。

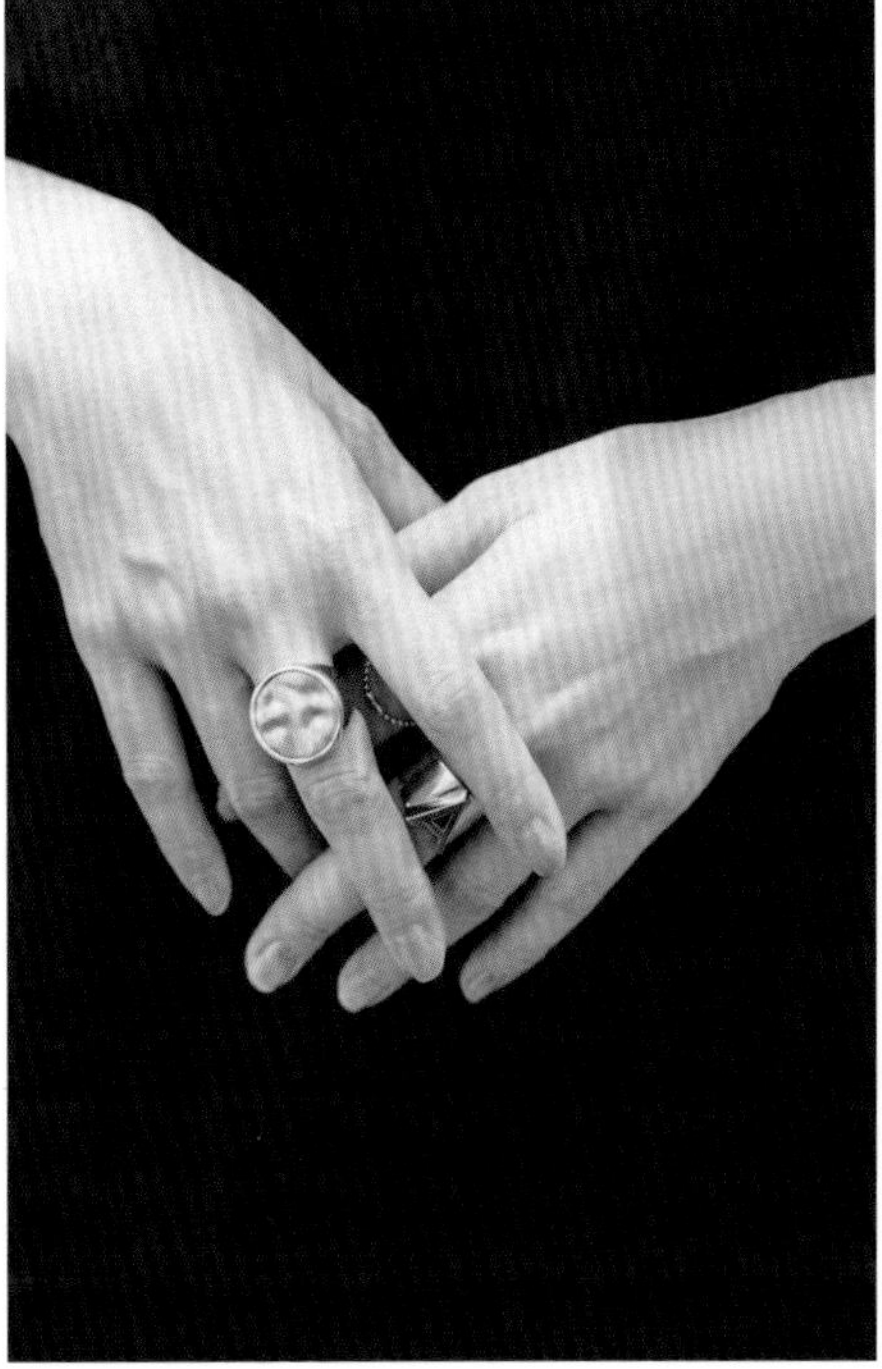

COLUMUN

人生を変えた「漫画」

多くの漫画に影響を受け、いまの私の性格や考えかたができ上がっています。特に感謝を伝えたい5冊です。

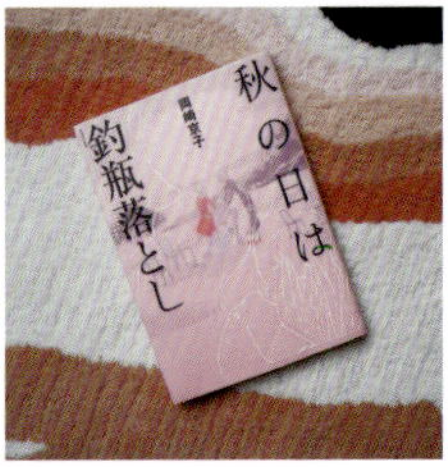

『バナナブレッドのプディング』大島弓子

初めて読んだのは小学校3年生のときだったと記憶しています。最初はほとんど内容を理解できていなかったはずですが、繰り返し読んでは泣いていました。それは怖さ・悲しさ・感動の類とは異なる胸のぎゅっとなる涙で、この作品をはじめ『綿の国星』や『つるばらつるばら』『ダリアの帯』『パスカルの群れ』など、私の精神に大きな影響を与えた大島さんの漫画はすべて、もれなくその涙を誘います。いま思えば家族・恋愛・自己愛の形、同性愛、心と脳の関係についてなど、複雑なテーマが多々盛り込まれているのですが、小学生のときは深く理解しないまま当たり前に読んでいました。人の心に興味がある私の原点には、大島さんの漫画の存在がある気がします。

『秋の日は釣瓶落とし』岡崎京子

私の世代で彼女の漫画を読んでいない人なんている？　と思ってしまうくらい、80～90年代を象徴する岡崎京子という漫画家。高校時代に愛読していた『CUTiE』という雑誌に連載されていた『リバーズ・エッジ』で虜になりました。『ヘルタースケルター』も好きですが、どれかひとつと言われたらこの作品を選びます。夫の父親の葬儀がきっかけで、掛け違えたボタンのように夫婦の関係が急速に狂っていく……という話。岡崎さんの漫画の好きなところは、女の子がひとり孤独に、少しずつ狂っていくさまを映画のように、そして湿度低く描いていくその作風。読んでいると、心の中にいる小さな自分が泣き出してしまい、抱きしめてあげたくなるような気持ちに駆られます。

『バカ姉弟』安達哲

出合ったのは20代半ば、何度読み返したかわからないほどのバイブルのひとつです。この写真からもボロボロ具合が伝わるのではないでしょうか。地主の家に住む双子のご姉弟（3歳）と、ふたりを取り巻く近所の人たち（舞台が巣鴨なのでご老人が多い）を描いた漫画なのですが、内容を説明するのがとても難しい作品です。哲学のようで、ギャグ漫画のようで、随筆のようでもあります。主人公の「おねい（表紙向かって右）」は私の理想のひとりで、表情やセリフ、考え方など、かなりの影響を受けています。私は漫画から影響を受けやすく、かつての恋人からよく「二次元と現実の区別ついてなくない？」と言われたものですが、いまでも違いがあまりわかっていません。

『寄生獣』岩明均

「正誤」や「善悪」の難しさについてここまで面白く表現した漫画があるだろうか、と読むたびに唸る作品です。人体に寄生し脳を乗っ取るパラサイトが、また他の人を捕食し同類を増やしていく……というホラーサスペンスＳＦで、人間の愚かさ、可愛げ、切なさ、不条理といったものが美しく残酷に描かれていること、かなり深淵の部分に切り込んで問題提起しているのに、まったく説教くさくないスマートさにとにかく痺れます。ところどころに岩明均らしいシュールな笑いが挟まるのもいい。私は「美しいもの」が好きな人間だと思っているのですが、私にとっての「美しさ」とはなにか？　と考えたとき、この『寄生獣』が描く世界は間違いなくそこに入ります。

『プライド』一条ゆかり

「格好いい女」って？　の答えが詰まりまくった漫画。一条ゆかりは『砂の城』のような救いのないシリアス作品から『有閑倶楽部』のようなコメディまでを手がけ、そのすべてが面白いという超人ですが、『プライド』は彼女の真骨頂だと思っています。オペラを志すふたりの女性がライバル関係を通して成長していく物語で、気高いプライドを頑なに守るだけでもダメ、人と比べ、人を蹴落としてのしあがろうとしてもダメ……美しくプライドを持って生きるにはどうしたらいいのか？を深く問うお話です。人生に悩んでいるときに読むと、必ずなにかしらの突破口となる名言に行き着きます。同じくプライドをテーマに描かれた1974年の『デザイナー』も好きです。

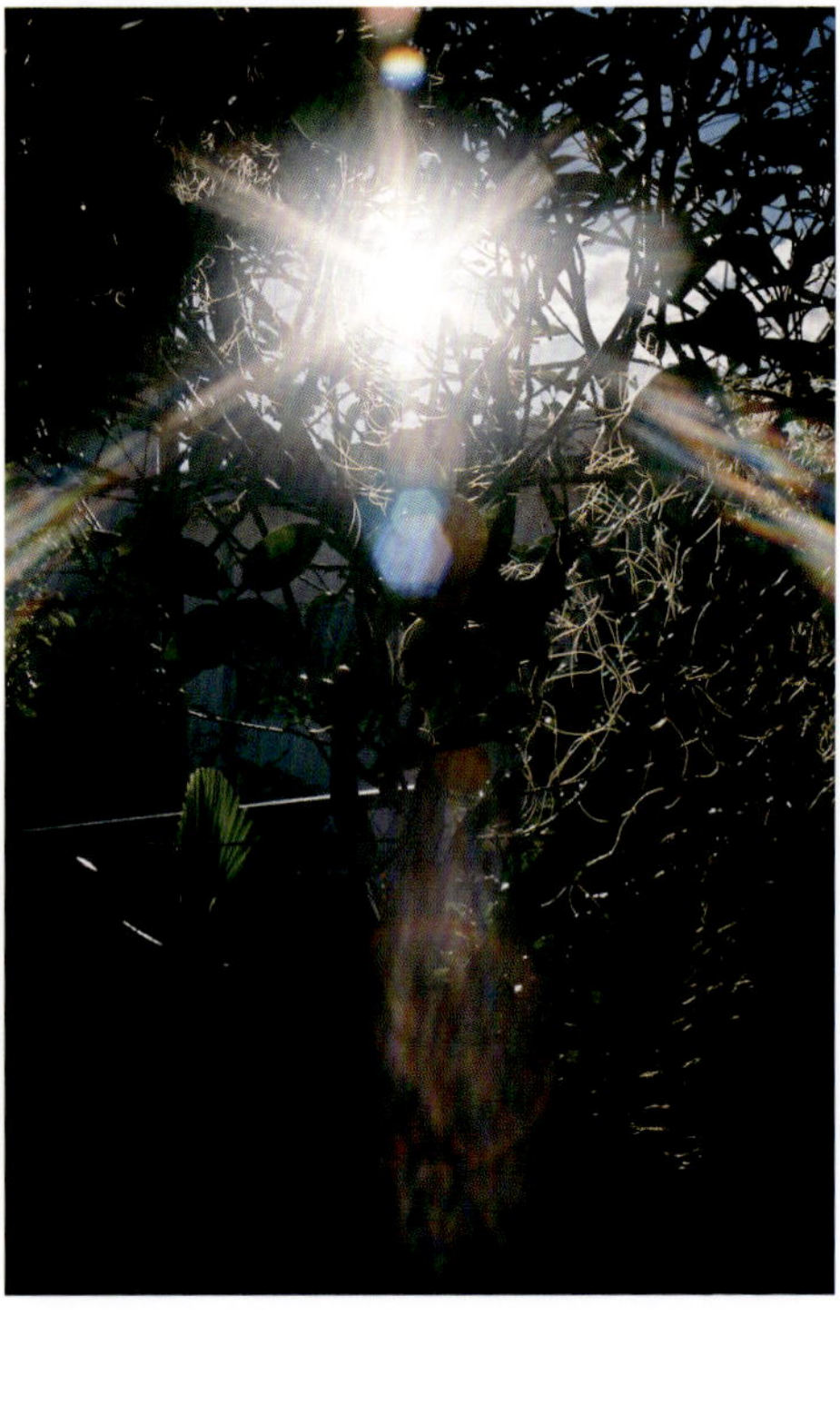

4
「時間」

おふくろの味

食を楽しめなかった若い頃

「おふくろの味」って、ありますか。

正直、私にはありません。いえ、母の手料理を食べる機会はたくさんありました。母は専業主婦で、いまの私よりもはるかにちゃんと食事を作ってくれていました。出来合いのお惣菜を食べることはほぼなく、外食は特別なときだけ。信頼できる農家さんから取り寄せた米や野菜をきちんと調理して食卓に出してくれていました。

私は生まれたときからよく食べる子でした。どちらかというとがっしりとした体型で、いつもお腹がぽっこり出ていて、物心ついたときからいつもダイエットを気にしていて。常に食欲はあるのだけど、食べることは大きな罪でもあり、食べることそのものを純粋に楽しんだことはほとんどなかったと思います。いつも自分の中に、ぽっかりと空いた穴のようなものがあって、それを埋めるためにものを食べていました。痩せなければという思いをこじらせて、摂食障害を経験したこともありました。

26歳で実家を出て、初めて毎日自分で食事を作るようになりました。もちろんレシピは料理本頼み。本のチョイスも良かったのだと思いますが（ちなみに川津幸子《ゆきこ》さんの料理本でした）、えっ、料理ってこんなに美味しいの？　とびっくりしたのを覚えています。食材のチョイスや味付けのしかた、野菜の茹で加減、ご飯の炊きかた。料理本の通りにするだけでこんなに美味しいんだ、という感動。自分で作るから、食べる量だってメニューだって自分でいくらでもコントロールできる。私はあのとき、初めて食べることを、罪悪感を持たずに楽しむ一歩を踏み出したのだと思います。

そこで思い至ったのです。私はそもそも親と味の好みが合わなかったんだ、ということに。

食の嗜好を自覚してみて

実家にいた頃はそこまでしなかった外食も色々と楽しむようになり、本当に美味しい料理が、この世にはなんてたくさんあるんだろう！　ということにどんどん開眼していき、そのたびに自分の食の好みが研ぎ澄まされていくのがわかりました。

よく「食べることが大好きです」「美味しいものが大好きです」とご自身を紹介するかたがいらっしゃいますが、私は長いこと、その言葉の意味がよくわかりませんでした。でもいまは、美味しいものをちゃんと知っていて、食べることを楽しんでいるかたなんだな、と思えます。私が自分のことをそんなふうに言えないのは、ずっと食べることに対する欲求はあっても、それを楽しめない性分だったからなんだ、ということもわかりました。

　実家を出てからも、折に触れて実家に帰ると、母親が甲斐甲斐しく料理を作ってくれます。自分の味覚や嗜好を把握した状態で接するほどに、どんどん距離を感じるようになってしまいました。母の作る料理が料理として成立していない妙なもの、ということではまったくなく、ただ好みが合わないだけなのです。実際父親は「お母さんの作った料理は美味しい」と言います。

　母のことは好きですし、出されたものはもちろんきちんといただきます。でも、お母さんの料理、ずっと食べたかった！　とは特に思えないのです。それは不思議なくらいにしんとした気持ちで、だから「おふくろの味は？」と訊かれてもすっぱりと答えられない自分がいます。これって薄情なことでしょうか。

「受け継いでいく味」はないけれど

　さあ、そんな私が人の親になってしまいました。日々手抜きをしつつ、外食や中食も挟みながら食事を用意しているわけですが、息子の食の嗜好について、私は期待と不安の入り混じった目で注目しています。そんなに凝ったものは作りませんが、その中にはいくつか、自分が好きで作る料理や、息子に好評で作る料理もあります。息子にとっての「おふくろの味」は今後存在し得るのか。

彼は「出されたものは食べるが、出されないなら食べない」というタイプ。食事にどんなものを出しても、基本的に文句は言わないし、ちゃんと食べます。子どもらしく野菜を残そうとする日もあるけれど、食に繊細で苦労した、なんてことはこれまでほとんどありません。でも、自分からこれが食べたいとか、お腹がすいたと訴えることもほとんどありません。

そんな息子の現時点での好きな食べ物は、ダントツで「シャインマスカット」、次点で「さけるチーズ」「いくらの軍艦巻き（回転寿司）」です。そう、私が作った料理はまったくそこに含まれていないのです。そんな息子に私はなんとなく「好きな食べ物はいちごポッキーです」と言っていた高校時代の自分の面影を見てしまう。これは、都合のいいセンチメンタリズムに過ぎないでしょうか。

私は息子に「おふくろの味」を用意してあげたい、なんて露ほども思いません。でも、息子には彼自身の食の嗜好に早めに気づいて、美味しいと感じるものを人生の中でたくさん食べてほしい、とは切に思います。それが人生を間違いなく豊かにするのだから。たとえそこに私の作った料理が含まれないとしても、私はまったく構わないのです。

将来の夢

やりたいことは早く見つけたほうがいい?

小さな頃から母親に「将来やりたいことを早く見つけたほうがいい」と言われ続けていたのを覚えています。

単純に考えて、はじめるのが早いほどそれに向き合う時間が長くなり、スキルを磨いていくことが可能です。いまや私も息子に対してかつての母と同じように感じていて、自分が夢中になれることや好きなこと、もっと言えば「適性」を早めに見極めて、鍛錬できたらどんなに素晴らしいだろう、そしてそのサポートができたらどんなにいいだろう、とよく思います。

しかし私は残念ながら、将来やりたいことを見つけることができませんでした。小学生のときになりたかったものといえば、漫画家と舞台女優。いま思えば、単純に漫画を読むのが好きだっただけなのです。舞台女優も、漫画に影響されて知った職業でした。ストーリーを空想することが好きとか、他の誰かを演じてみたいとか、そんな気持ちにはつながっていなかったように思います。

中学生になると、心理学者が格好いいかもしれないなんて思いはじめ、高校生でメイクアップアーティストになりたいと思いました。メイクアップアーティストはこの中では結構真剣に考えていて、大学に通いつつも自分でアルバイトをして学費を貯め、専門学校に通うまでになりました。

でも、いま思えばどれをとっても「将来の夢」を無理やりひねり出そうとしていた感じがします。母親に言われていたことがいつも心のどこかにあって、これならいいかも？　と思うものをなんとなく焦って設定し、とりあえず満足していただけでした。

いまの仕事を、若い私は想像できなかった

いま、私はビューティライターという肩書きを持ち、フリーランスで仕事をしています。ライターにも色々なかたがいらっしゃると思いますが、私は化粧品であったり、ブランドを作っている人であったりの、魅力や思いを言語化するのが自分の役割だと思っています。

フリーランスになったのは35歳のときで、それまではずっと会社員として、化粧品の企画開発やスタッフ教育、ブランディング、販売促進などに関わってきました。メイクアップアーティストを志して化粧品会社に就職したけれど、ものを作るほうが面白いと思ったのです。

化粧品会社から独立してフリーのライターになるというケースは結構珍しいと思います。いまの仕事は充実しており、やらせていただくのがありがたいお仕事ばかりですが、それも依頼してくださるかたの存在があってこそ。色々な出会いやご縁が仕事を運んでくれて、なんとか10年生きながらえています。

そして改めて思うのです。「将来の夢」に忠実に人生を歩んできたわけではなく、単純に偶然が重なってここに流れ着いているだけだなぁと。

ひとつ間違いなく言えるのは、学生時代の私には、いまの自分の職業を想像したくてもできなかっただろうなということ。ビューティにまつわる仕事は、メイクアップアーティストか美容師、ビューティアドバイザーくらいしか知らなかったと思います。まだ美容専門雑誌もありませんでしたし、そもそも雑誌がどうやってできているかも理解できていなかった気がします。ライターはおろか、編集者という職業も知りませんでした。

いつだって将来の夢を書き換えていい

人は、知らないことを想像することができません。きっとこれはその人の性格にもよるのでしょうが、人生を歩みながら経験値を増やしていくことで、想像力が豊かになるのは間違いないのではないでしょうか。そう考えると「将来の夢」を思い描くことに関して、いまひとつ決めきれなかった昔の自分に対してねぎらいの言葉をかけてあげたい気持ちになります。焦らなくても、いま好きなことを一生懸命やっていくと見えてくる道があるんだよと。

もちろん、人生の進路が早く決まるのは素晴らしいことです。ですが決まらないとしても、明日決まるかもしれないし10年後に決まるかもしれない。いま決まっていても変更したくなるかもしれない。それでいいんだと思います。

社会人になりたての頃「人生でやりたいことの方向性は25歳までに決めておかないとダメ。それ以降は手遅れ」と言っていた人がいて、当時私は23～24歳だったと思うのですが、めちゃくちゃ焦ったのを覚えています。メイクアップアーティストになりたいという気持ちも薄れかけ、どうしたらいいのかまったくわかっていなかったあの頃の私に、そんな呪いの言葉に耳を傾ける必要はマジで皆無だからと言いたい。

そして「将来」というものは死ぬその直前まで、その人に存在しているのだと言っていいと思います。将来の夢ってなんとなく職業とか、社会人としての完成形みたいに思ってしまうけど、そこからのほうが人生は長いわけで、常に将来についてワクワクしていていい。想像力は豊かになっていくばかりなのですから。

ルーティンのありがたみ

ルーティンとは縁遠い人生

大学時代、実家から電車を3本乗り継ぎ、2時間かけて通学していたのですが、同じクラスに最寄駅がまったく同じ友人がいました（家の所在地もかなり近かった）。彼女と話していて衝撃的だったのが「いつも同じ時間の同じ車両位置に乗って通学している」という発言。通学の2時間を、毎日まったく同じポジションで過ごしているというのです。かたや私は、家を出る時間も毎日バラバラ、昨日乗った車両がどこかなんて記憶にないタイプ。彼女のスタイルは到底マネできないなと思ったのを覚えています。

また20代の頃、公務員として働いていた友人が「毎日同じ道を通って会社に行くのを繰り返していると、人生がとても味気ないものに感じる。一生このままかと思うと絶望的で怖くなる」と言っていました（その後退職してミュージシャンになっていましたが）。私は毎日同じ道を通っていても昨日と同じ景色とは感じないし、なんならいろんな道を歩いてみます。もちろん絶望に打ちひしがれたこともなく、そんな考えかたもあるんだ、と驚きました。

　つまり私は「同じことの繰り返し」というものに対して興味が薄い性格なのです。面倒くさがりで忘れっぽく、同じテンションを維持できない。同じ時間に同じように同じことをする、それを繰り返していくことができず、なんとなくはしょったり、後回しにしたり、違う気分であたってしまう。だから毎日が違う景色に見えるのです。それは毎日新鮮な気分で生きられる得な性格とも言えますし、ムラのある人生を送りやすいとも言えます。そんなわけで、ルーティンというものに対しても、私にはあまり関係のないものだな、と興味を抱かず生きてきました。

つらいときに支えてくれるのは「習慣」

　私は2度離婚しています。どんなケースの離婚であれ、精神を非常に消耗するものであることは間違いないと思うのですが、私の場合は2度目が特にしんどいものでした。いまのところは、些末な人生の中でつらい経験の圧倒的1位と言えます。

　つらさの理由は離婚を選択しなければならない状況に対して不条理を感じていたことと、当時3歳の息子の存在にありました。1度目は子どもがいなかったので、自分の気持ちのことだけ考えていればなんとかなりました。でも2度目はそういきません。自分自身がボロボロに傷ついているのに、そのケアはもっとも後回しで、息子の人生の舵取りをはじめ、これからの家族のありかたにまつわるあらゆることを自分の采配で決めていかなければならない重圧のようなものに苦しんでいました。

何度もネガティブな感情に呑み込まれそうになり、というより余裕で呑み込まれていたと思うのですが、それでも私をなんとか日常生活にとどめてくれていたものが、寄り添ってくれた友人たちの存在と、日々のルーティン、習慣でした。時間がきたら、息子を起こして朝食を食べさせ、保育園に送っていく。どんなに仕事が終わらなくても息子を迎えに行って、夕食を食べさせ、お風呂に入れて寝かしつける。そういった日々のルーティンが、ぎりぎり、私を生かしてくれていました。考えることを中断したり、考え続けながらも手を動かしたり。精神がどんな状態であっても、時間がきたらやらなければならない。そのスイッチを押し続けて、少しずつ時間を積み重ねていくことができたのです。

自分に手間をかけて、人生を作っていく

あまりにつらいことがあったときの人の精神状態というのは、ある日突然パッと吹っ切れて回復するわけではなく、薄い紙を一枚一枚重ねて山を作っていくように、巨大な氷を常温で溶かしていくように、途方もない時間をかけて少しずつ少しずつしか快方に向かっていかないものだと思います。そんなときにルーティンがあると、とて

も心の支えになるのだと知りました。小さなリセット。小さなタスク。ＴＯ　ＤＯリストにひとつチェックを入れるような、ごくごくささやかな達成感。

相変わらず、ルーティンというものにあまり関心がない性格ではあるのですが、ルーティンって自分にはなんだか面倒かもしれない、という意識から、ルーティンってありがたいものなんだな、という意識に変わったことは事実です。お守りのような、羅針盤のような、ジンクスのようなもの、と言ったらいいでしょうか。

ルーティンとはすなわち、自分自身や自分が置かれている環境に少しの手間をかけることなんだな、といまならわかります。毎回全身全霊を込めて手間をかけるのは大変だけど、習慣化してあげることで、脳のリソースを必要以上に割かなくても、一定のクオリティでできてしまう面もあります。

いまは、面倒くさがりで忘れっぽい自分を否定せず、毎日の小さなルーティンを無理なく大切に愛おしく思いながら、生きていけたらいいなと思うようになりました。そしていつかは、人に誇れるような自分だけの素敵なルーティンを持ってみたいものです。

大人の涙について思うこと

人はなぜ泣かなくなっていくのか

息子が小学生になって思うのは、そういえばずいぶん泣かなくなったなぁということ。泣いてばかりの生まれた頃から時系列で考えてみると、少しずつ少しずつ、涙の数が減っていっています。ものごとへの耐性がついてきているのでしょうか。

特にまだ言葉が話せない乳幼児にとっては、泣くことはなにかを訴えるための大切な手段であり、「泣くのをこらえる」という気持ちの動かしかたは選択肢にないように思います。6歳の息子はどうなのでしょうか。本当は泣きたい局面でもぐっとこらえているのか、それともそもそも泣きたいと思うことが減ってきているのか。あるいはその両方かもしれません。まだ少し難しい質問だと思うので、2年後くらいに本人に訊いてみたいと思います。

息子の友達を見ていても、泣く理由は実にさまざまです。悲しいから泣く。寂しいから泣く。思い通りに行かないことに腹を立てて泣く。悔しくて泣く。痛くて泣く。びっくりして泣く。その泣きポイントであったり、頻度であったりは、本当に生まれ持った性格によるようです。
よく泣く子も、ほとんど泣かない子もいます。そしてみんな、成長するにつれて少しずつ泣かなくなっていく。それは頼もしいようでもあり、寂しいようでもあり、単純に不思議なことだなぁと思います。

泣くことに、居心地の悪さを感じていたあの頃

涙を流すことについて「恥ずかしい」「情けない」「格好悪い」「子どもっぽい」とネガティブに思ってしまうのはいつからなのでしょう。息子を見ていると、小学生であってもそういった意識をすでに持っているように感じますし、大人になるにつれてその感覚は強固になっていく気がします。

反対に、私はすぐに泣くタイプで、涙をこらえることがあまり得意ではありません。公衆の面前で泣き叫ぶのはいささか迷惑という認識は持っていますが、漫画や映画でボロ泣きするのは当たり前。そもそも、泣くことについて「恥ずかしい」とか「情けない」と思う感覚があまり備わっていません。

しかし、小中学生の頃は涙をこらえることもよくあり、泣くことにネガティブな感覚を持っていたような気がします。なぜこのように変化したのだろう？　と考えると、かつては自分の感情を表に出すことがとても下手だったことに思い至りました。とて

も自分に自信がなくて、自分に自信がないということすら自覚していなかったあの頃、私はうまく泣いたり笑ったりできず、この反応で合っていますか？　といつも周りの目を気にしていました。経験を積み、少しずつ色々な塩梅《あんばい》がわかってきて、自分のキャラクターや立ち回りかたなども会得していく中で、私は私に、自分の感情を自由に表現し、好きに泣くことを許可したのだと思います。

これは泣くことだけでなく、笑うことも同じです。そういえば、私はいつも人とはちょっと違うところで笑っていて、私が笑うとみんなが振り返るのが恥ずかしくて、幼いながらに居心地の悪さを感じていました。

泣くことを制限しない大人でいたい

いまの私は、周りの人と歩調を合わせなくても大丈夫だとわかっています。そもそも学校のように、歩調を合わせる多数の人間が周りにいるようなシチュエーションがいまは滅多にないのですが。

そして「自分の感情を表に出すことが、心に淀みを作らない」ということもわかっています。特に泣くことで感情の発散ができるのは間違いありません。泣くと内側に溜まっていた澱《おり》のようなものがいくぶんクリアになり、ニュートラルな状態に戻ることができます。

澱《よど》んでいた空気が流れて、呼吸が楽にできるようになったり、視界がさっと晴れていったりする。涙の効能には素晴らしいものがあります。ネガティブな感情を抱えているときに、わざわざ泣ける映画を鑑賞してみるとスッキリする。これは多くの人に経験のあるソリューションではないでしょうか。

「大人になると泣かなくなる」という人は多いかもしれません。それはそれで節度を持った大人の姿勢であり、私はそのように自制できる人に対して憧れを抱きます。いっぽう私は、その逆のベクトルで生きてきているようです。これからもきっと、自分に泣くことを制限しないでしょう。大人が泣くなんて格好悪いと、将来息子に言われることはあるかもしれませんが、私が息子に言うことは、この先もないでしょう。

幸せな時間の作りかた

オンとオフの使い分けができない

1日の中で幸せな時間はいつか？　ということについて考えてみました。結果として、ほぼすべての時間は幸せであると答えることができます。「ほぼ」というのは、たとえばまだ仕事が終わっていない状態で小学生の息子が帰宅してしまい（してしまい、というのも息子に対して申し訳ないですが）、否応なしに彼の宿題確認・夕食準備・入浴と歯磨きへの誘導等のルーティンを「なぜ私はこんなに仕事ができない無能な人間なのか」というネガティブな意識を持ちながら余裕ゼロでやっていく……、そんな時間を除いて、ということです。

私の1日はとても地味で、朝起きてぼんやりＳＮＳをチェックしてから仕事を開始し、少ししたら朝食の用意をして息子を起こし、送り出してまた仕事、気づけば息子が帰ってきて夕食、そして息子と同じタイミングで就寝します。ずっと仕事やないかいと突っ込まれそうですが、仕事の時間にたとえば好きな漫画を読んだり、スーパーに買い物に行ったり、もちろん昼食をとったりもします。そのすべてが幸せな時間だなと思います。ありがたいことです。

これは私のコンプレックスのひとつでもあるのですが、昔から仕事とプライベートの区別をつけることが苦手です。きっちり分けることができる人は、おそらく意識を切り替えていますよね。仕事中は緊張感を持ち、プライベートではゆるっとする、というふうに。私はどんな時間も、なにをしていても、誰といても、基本的にモードを切り替え（ることができ）ません。だからといって感情が一定というわけではなく、気分屋であることを自覚しています。自分でも幼稚な人間だな〜と思っています。

「頑張って働いたあとにビールを飲むひとときが至福」なんて台詞を言ってみたいものですが、まったくしっくりきません。それは、ビールを飲んでいるときも、仕事をしているときも同じテンションだからなのだと思います。

フリーランスになって気づいたこと

フリーランスになって10年、歴が長くなるほどに「フリーで仕事をするのは自分に向いているんだな」という実感を強くします。もちろんクライアントからのオファーなしに仕事が成立することは難しく、いま私がこの仕事を続けることができているのは、多くのご縁と、仕事を依頼してくださるかたたちのご厚意のおかげでしかない、という前提はありますが。

会社員として仕事をしていたときは、会社員が向いていると思っていたし、フリーランスになりたいと考えたことはありませんでした。でもいざフリーになってみると、かつては意識していなかった自分の短所が色々と見えてきたのです。

まず私は時間にルーズで、決められた時間通りにものごとをこなせないところがあります。出勤する直前に、自宅の本棚に仕事で使えそうな資料を発見したら、それを手にとって読みはじめてしまい、遅刻してしまうというような。気になったものにすぐ反応してしまうところがあり、切り替えや割り切りがなかなかできないのです。

会社員時代は時間で動くことが多く、出勤時間の他に会議の時間、昼食の時間など、決まりが色々とありました。集団での規律なのですから当然です。フリーランスになって、そういったことをすべて自分でハンドリングできる自由さに、とても心が軽くなったと同時に、かつての制約が自分にとってストレスだったのだと知りました。

なにを目的として仕事をするのかという点においても変化がありました。会社員の頃はブランドとしての誠実さを守ることに重きを置いて、商品開発やブランド開発をしていました。会社員としての正義を求め、正論で上司に楯突くことも多かったと思います。しかしフリーランスになると複数のクライアントと仕事をすることになり「私がこのクライアントに対してできることはなにか？」と考えるようになりました。自分はクライアントにとって「他者」であり「サポーター」なので、ともにより良い結果を目指すという関係性になり、変に正義感を持つ必要がなくなりました。

個人的に生きることで、幸せになった

いつも同じモードで、仕事とプライベートの境界線が曖昧で、時間通りにものごとを進めるよりも自分の感覚を優先してしまう、そんな私が、幸せな気持ちで仕事ができているのは、フリーランスという形態によるところが大きいかもしれません。

時間の使いかたが下手すぎるあまり「なぜ私はこんなに仕事ができない無能な人間なのか」と落ち込むこともあるわけですが（冒頭参照）、それでもなんとか帳尻を合わせれば、また明日に向かっていける。そしてそれらのぐちゃぐちゃっとした葛藤さえも自分ひとりの中での出来事で、誰かに迷惑が及びにくいところも私にとっては気楽です。人のせいにできない状況は成長できる機会を作りやすく、私に向いているのだと思います。泣くのも自分次第、笑うのも自分次第。

ときに「孤独だな」と思うことは正直あるのですが、そこは同業の友人の存在や、SNSなどに助けられています。特別な幸せ時間を持つことはなくても、全体的にとても幸せでいることができているのです。

占いについて

占いの世界は面白い

小さな頃「おまじない」が好きでした。満月の日に好きな人の名前を正方形の白い紙に3回書き、夜の12時に木の下に埋める……みたいなものです。実践はそこまでしていなかったのですが、雰囲気が好きだったのだと思います。

そういった素地もあってか、占いは好きなほうです。特定のメンター的な存在がいるわけではないし、人生の転機には必ず占いに頼る、というほどではないのですが、雑誌の占いページは結構チェックしますし、この人当たるよ～という評判をたまたま聞いて興味を持ち、予約をとって占ってもらいに行ったことも何度かあります。

西洋占星術、カバラ、算命学、ジョーティッシュ（インド占星術）、前世占い、チャネリング、手相占い、オーラ診断、ダウジング、パワーストーン、声占い……思えば色々な人に人生について相談してきました。同じ人に何度も見てもらうよりは、色々な人に見てもらうのが好きです。

占いの本も何冊か持っていて、特に西洋占星術と数秘術が好きです。単なる性格診断やこの時期の運勢のようなものを凌駕して、この世界は、色々な人がいることで成り立っているという事実を色鮮やかに見せてくれるからです。誰かの性質の欠けた部分を他の誰かが補っていて、その誰かの欠けた部分をまた別の誰かが……というように影響し合い、世の中のバランスが保たれていることがわかります。

占いには、科学的根拠がない？

いっぽうで、オラクルカードやタロットのような、星座や手相占いとは違って、自分の生まれを超えたところでメッセージを受け取るような占いも面白いと思います。特にオラクルカードは何種類か所有していて、なにかに悩んだとき、思い出したように使ってみることもあります。

よく「占いは根拠がないから信じない」という人がいます。それらしいことを言っておけば、誰にだって当てはまるのでは？　そもそも科学的な根拠がないじゃないですか、というやつですね。私はこの考えかたにも一理あると思っています。

確かに自分自身も、これまでに占ってもらった数々の結果を改めて思い返してみると、そのすべてがぴったりと当てはまっていたとはとても言えません。「あのときああいうことを言われたけど、実際はこうだったな」ということがたくさんあります。そしてそういう内容にかぎって、言われた当時はその内容に思い悩んでいたりするものです。ではなぜ、私は占いを好んでいるのでしょうか。

「信じる」のではなく「利用する」

私が占いについて感じているのは「便利だな」ということです。悩んでいるときに解決の糸口をくれたり、自分の性質を分析する手助けをしてくれたり。あるいは人間関係において、相手の考えかたを想像するヒントとなったり。

また、目標を立てることにも役立ちます。運勢を参考に、こういうことに挑戦してみようかなとイメージを持つことができます。

これまで色々な人に占ってもらいましたが、必ず訊くことがあります。それは「私にとっての天職はなんですか？」です。その答えには、占ってくれた人の数だけバリエーションがありました。事務職、ヒーラー、教育職、作家、あるいは、大成する、大成しない。

答えが違っていても、それらは決して「嘘」ではないと思っています。すべては私の性質や、運勢や、辿っていく道のようなものを彼らなりのメソッドで導き出したものですから、私の人生を私に想像させる大きなヒントです。それを受けて、これからどうするのかを決めて行動するのはあくまで私自身なのです。

結論として、占いは信じるものではなく利用するもの。私はそう思います。

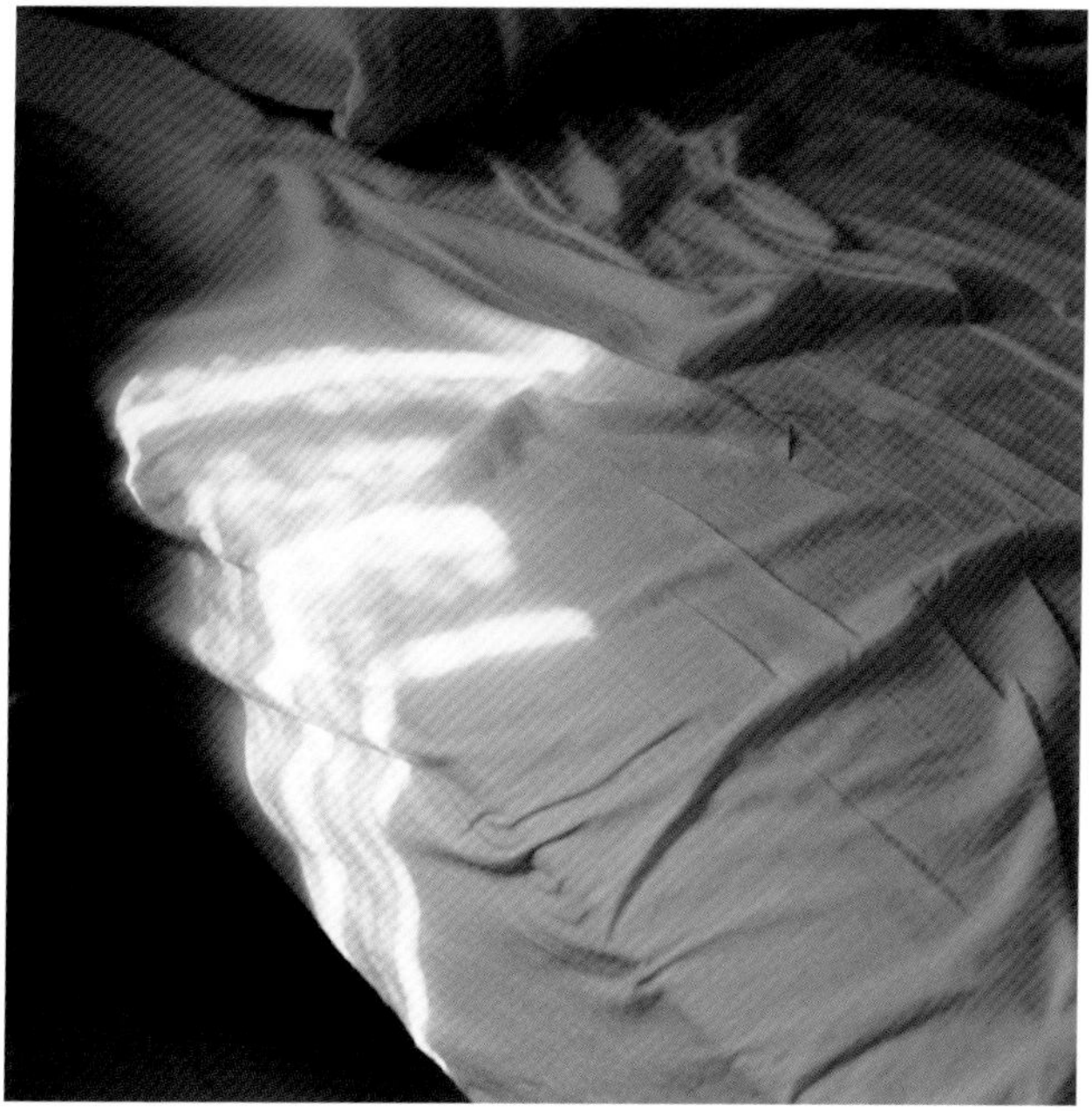

COLUMUN

人生を変えた「レシピ本」

すぐに買ってしまうレシピ本。もちろん料理の参考にと書い求めるのですが、読むだけで作らないことも。

『帰ってから、お腹がすいてもいいようにと思ったのだ。』高山なおみ

おそらく、手もとにある料理本でもっとも古いもの。2回手放しては買うを繰り返し、これは3冊目になります。エッセイとレシピからなり、レシピは取り外し可能な別冊になっていて装丁がおしゃれです。おそらく全部をきちんと熟読してはいないし、載っている料理もひとつも作ったことがない。だから2回も手放しているのだけど、この表紙を、パラパラとめくって目に入る文章を、料理の写真を見ていると、90年代に過ごした青春の空気がぶわっと私を包み込む。その感覚が好きで買い戻してしまいます。高山さんはとても色気のある人だと思う。彼女の料理本はほとんどコンプリートしているはずだけど、この本以外はきちんとレシピ本として機能しています。

『ビンボーDeli.』川津幸子

26歳で実家を出て同棲することになり、料理をしなければならないと購入した料理本がこれ。横浜ルミネの有隣堂で2時間くらいかけて選んだ記憶がありますが、結果は大正解。川津さんはもともと料理本や雑誌の編集者で、そこから料理研究家になった経歴の持ち主。読者の気持ちをよく掴んでいて、とにかくわかりやすく簡単なロジックが詰まっていました。変に気取ったところがなくシンプルで庶民的、誰が食べても美味しいし、編集者だから料理のストーリーやレシピの表現もうまい。料理が苦手な人への目線を忘れない、優しい心配りが随所になされているんですよね。このあとに買う『100文字レシピ』もしかり、掲載されているレシピはほぼ作ったと思います。

『時間をかけない本格ごはん、ひとりぶん』有元葉子

30代半ばで人生初のひとり暮らしをすることになり、購入した本。誰のためでもない、自分のためだけにごはんを用意することの贅沢さ、楽しさを教えてくれました。ひとりだからごはんの時間を決めなくていいし、小説を読みながら食べたっていいし、おかずだけで食事にしたっていい。手間をかけるのもほんの少しだけでいい。特に「おなかがすけば、夜中でもキッチンに立つ」という言葉が大好きで、作りたいときに作っていいんだ、と背中を押された気になって、夜中にいきなりカレーを煮込んだりしていました。特にひじきを使った料理、ひき肉炒め（作り置き）の料理、スープのページはよく利用しました。有元葉子さんも、レシピ本を集めたくなってしまうひとりです。

『ウマつま 飲めるおつまみ』サルボ恭子

いつしか夕食どきにお酒を飲むことが楽しくなり「一汁三菜みたいな食卓でなくとも、おつまみみたいな夕食でいいじゃん！」と思うようになりました。おつまみ系の本は色々と買いましたが、ポップでキッチュなタイトルとビジュアル、どんなに余裕がなくてもこれならできそうと思わせてくれる3ステップの簡単レシピ、絶妙におしゃれな味の3拍子揃っているのがこれ。サルボ恭子さんといえば、フランス仕込みの洗練された家庭料理のイメージが強かったので、こんなインスタントな本を手がけられるなんて！　という驚きもありました。おつまみには、副菜として機能するものが多いんですよね。いまでも、息子との夕食で作るメニューがちらほらあります。

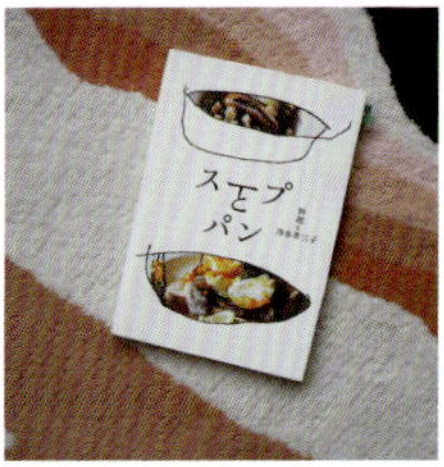

『スープとパン』冷水希三子

消化に良く、体を温め、野菜がたくさん採れて滋養をくれるスープという料理、昔から好きではあるのですが、どちらかというと義務感で作っていたところがありました。いやいや、スープはこんなに豊かで凛々しいバリエーションがある贅沢な料理なのよ、とこの本は教えてくれます。私がレシピ本を好きでついつい買ってしまうのは、料理が好きだからというよりも、料理の写真を眺めたり、編集の面白さを楽しんだり、著者の料理に対する姿勢を知ったりできるからのような気がします。この『スープとパン』は、写真家の加藤新作さんが、冷水さんの料理とともに取り巻く空気感までを美しく切り取っている、写真集としても大きな価値のある眼福本だと思います。

「コンプレックス」

5

#「私なんて」の正体

「私なんての国」出身

なにかにつけて「私なんて」と思っていました。とにかく自分に自信がなく、どうせどうせとどこかでいじけているのが基本スタンス。いや別にいまだって自信はまったくないのですが、「私なんて」とは思わなくなりました。なぜ私がこう変わったのか、について考えてみたいと思います。

「私なんて、と自分を卑下するのはやめよう。あなたはあなたのままで素晴らしいのだから」という姿勢は美しいと思います。ここで言われていることはまごうことなき事実であり、人はありのままで素晴らしい、確かにそうです。でも、タイムマシンで過去の「私なんての国」に住んでいた私に会いに行って「あなたはあなたのままで素晴らしいんだよ」なんて言おうものなら、きっと「うるっさい。アンタに私のなにがわかるの!?」と言われて終了のような気がします。

私はずっとそのときどきで理想を思い描き、その理想と現実の自分のあまりの乖離に嘆いていました。昔からミュージシャンのパティ・スミスに憧れているのですが、彼女と自分ではなにもかもが違うわけです。当たり前ですけど。そこに絶望して人生詰んだと思っていた節があります。だから「私はパティ・スミスみたいになりたいのに、そうではないいまの自分を素晴らしいと言われても困ります。私の素敵な状態を勝手に決めつけないでほしい」と思っていたことでしょう。

当時の私は、分析能力が低かったと言わざるを得ません。パティ・スミスのなにが好きなのか？　と言われたらしっかり答えられなかったと思います。「雰囲気」「生きる姿勢」「見た目」程度の曖昧な答えしか導くことができなかったでしょう。具体的にどういうことか、突き詰められていなかったんです。理想を抽象的な概念にすることで、自分が到底そこに辿り着けないという結論を勝手に出し、いじけたり、あきらめたりするほうへ逃げていたのかもしれません。

美人になれない人はいない

私にとってのバイブルのひとつに、下村一喜さんの『美女の正体』（集英社／2016）という本があります。これは本当に面白くて、なるほど、美女ってこういうことか！と思わず膝を打ってしまうこと請け合いなので、機会があったらぜひ手に取ってみてほしいです。

下村さんはこの本の中で、女性について「世の中には、美女と美女になる可能性を秘めている女性しか存在しない」と言っています。美女にはもちろん段階（グラデーション）があるのだけれども、そのグラデーション内は本人次第で移動することが可能であり、登ることもできるし、墜落する可能性もある、というのが大まかな内容なのですが、これは本当にその通りだと思います。

デビュー当初はあまり記憶に残らなかったアイドルが、どんどんきれいになっていくことってあると思うのですが、そこにはやはり徹底した自己分析や努力があるだろうと想像します。ウエイトコントロールやメイクなどの外見的なことだけでなく、仕草や笑顔の練習、精神性を鍛錬することなど。自分に自信があるようにふるまうことで、後から自信がついてくるのはよく言われること。願いが、思いが強ければそれだけ人は変われるのだと思います。

いっぽうで、幸運にも美しく生まれついたとしても、プライドの高さや向上心のなさがひがみっぽい性格につながり、美しい表情が身につかない……ということだってあるかもしれません。

大丈夫、あなたは変われる

世の中の多くのことが不安定です。美の定義、人の評価、自分自身の価値観……これらは流動的で、ほんのちょっとしたことでガラリと変わる可能性も大いにあります。

そう考えると「私なんて」というのはとても空虚な言葉で、特に意味を成さないのだ、ということに気づきます。自分の立ち位置だって不安定なのだし、さらにこの世界は、別のグラデーションに行き来することが可能にできているのですから。

「私なんて」。そのある種呪いのような言葉は、理想の自分ではないことに対する悲しさや寂しさ、不満、失望を内包していて、その負の感情こそが、この言葉の核を成しているのではないかと思います。だから、過去の私にそこから抜け出てもらうためには「あなたはあなたのままでいいんだよ」ではなくて、やはり「あなたはいくらでも変われるんだよ、でもあなた自身にしかそれは成し得ないし、待っているだけでは変われないんだよ」と声をかけてあげたいです。

そして「理想の自分になれたとき」をしっかりとイメージできるかどうか、ということも大切です。いざパティ・スミスになれたとき、それを引き受ける覚悟はあるのか。意外とパティ・スミスだって大変かもしれません。

「ナチュラル」が最高なのか

整形について思うこと

好きな漫画にこんなシーンが出てきます。女性が整形して顔を美しく変えていることを、恋人である男性は知らず、それを打ち明けられたときに「その顔は嘘だったのか」と責めたてる。最近は少しずつそうでもなくなってきている気がしますが、整形をして外見を変えることに対して「本物ではない」「ナチュラルではない」「反則してきれいになっている」「邪道である」と捉える感覚は根強くあると思います。これについてはいつも疑問を感じています。

私は整形について、メイクやダイエットの延長にあるものと捉えています。生まれ持ったものをより自分が好きなほうへ作り変えていく行為。それは努力以外のなにものでもないんじゃないでしょうか。

そもそも、整形って非常に知性が求められる行為だと思います。メイクみたいに落とせないから気軽にできないし（やっぱりやーめた、ができない）、明確な目標がないといけません。たとえば私は自分の顔があまり好みではないのですが、整形したいと思ったことがありません。それは、なんだかんだ言っても整形するほど嫌いなわけではない、とかではなくて、なにから調整すればいいのか、どう変えれば自分的に満足できるのかがまったくわからないからです。

鼻が気に入らないからって、鼻だけを変えても他のパーツとのバランスを考えると素敵になれるとはまったく思えないし、よしんば顔全体をケイト・モスに作り変えたとしても、表情のクセや生活習慣によって、その顔の維持は不可能に近いと容易に想像できてしまいます。そういったさまざまな面倒を超えて、理想に近づけていく整形、クレバーでなければ実現不可能ではないでしょうか。

ナチュラルって、いったいなに?

なんだか話が逸れてしまいましたが、「ナチュラルであること」「手を加えていないこと」には、そんなに絶対的な価値があるの？　と言いたいのです。

そもそも「ナチュラル」とはどういうことか。私たち人間は、手を加えていないありのままの自然物が持つ美しさやパワーに畏敬の念を抱くいっぽうで、それらを上手に加工し、手を加えながら快適さをどんどん追求して生きてきているわけです。ありのままの木に生《な》る実を収穫するだけでなく、土を掘って畑を耕し作物を植えていく。移動に何日もかかっていたところを、山にトンネルを掘って鉄道を敷いていく。人体に関しても、筋トレでパンプアップしたり、着飾るためにピアスの穴を開けたり、スキンケアやメイク、ヘアカットをしたりします。その時点でナチュラルではないように思いますし、すべて「より良い景色が見たい」と考える人間の欲望と努力が身を結んだ結果であり、きちんとした意思がなければできないことです。私はそこに感動してしまいます。整形もまったく同じです。

ナチュラルな雰囲気が美しいミドルエイジの女優さんについて、その人気がメディアに取り上げられているのを見たことがあります。彼女に人気が集まった理由として「あんな風に、なにもしなくても（ナチュラルなままで）美しく歳を重ねられる人に憧れる」という声が多数集まっている、と紹介されていました。それは「ナチュラルに生きているだけなのに若いままの魅力を維持していて、無理をしていない感じがいい」ということであり、私はそこにかなりの違和感を抱いてしまいました。美しい人は概ねなにかしらの努力をしているはずで「ナチュラルに生きているだけ」のはずがないからです。ミドルエイジであればなおさらです。

自分を好きになるために、いらないものを捨てていく

私の顔には、かつて鼻の横に大きなほくろがありました。3歳の写真ではすでにはっきりと認識できるほどで、自分が写っている写真を見るたび、まずそのほくろが目

に飛び込んできました。顔の中央に大きく存在しているのがとても嫌で、私が写真を撮られることにずっと苦手意識を持っているのは、いま思えばそのほくろの存在が原因かもしれません。

高校に入ると、ほくろは除去できることを知り、すぐに治療しました。切って縫い、抜糸したあとは、本当にうっすらとした線が残っただけで、ほぼなにもわかりません。それまでのどんよりとした世界が、本当にパッと明るく開けたような感じがしたのを覚えています。いまでも、あのとき決断した私に拍手を送りたいと思うし、おかげでいまは写真を見てもさほど落ち込まず、元気に生きてるよと言いたいです。

ほくろを取ったことについて指摘してくる人はひとりもいませんでした。仲のいい友達に申告しても「ほくろなんてあったっけ？　言われてみればそんな気もする。別に取らなくても良かったのに」と言われただけ。人はさほど自分のことを気に留めていないのだということも、そのときに身をもって知りました。

自分という人間を生きていくうえで、他の誰でもない自分自身が「不要だ」「負のものだ」と思ってしまうものを、知的に脱ぎ捨てて軽やかに生きていく。そしてまっすぐに前を向けるようになる。それは素晴らしいことです。

それが脂肪だろうと、ほくろだろうと、エラだろうと同じことなのだと思います。

恋愛が苦手な話

なぜ私は恋愛が苦手なのか

私は若い頃からあまり恋愛が得意ではなく、さほど成長しないままこの歳になってしまいました。恋愛が苦手なのは自分に自信がないせいだとずっと思っていましたが、どうやらそれだけではないようだぞ、と最近わかってきました。

人を好きになるのは得意なほうだと思います。恋愛に限らず、自分の好きという気持ちには絶対的な自信が持てるので。しかし、恋愛とは他者と関係性を築くことであり、自分の気持ちに自信があるだけでは一方通行です。そして自分の好きという気持ちに自信のある私の、これまでの経験から考えると「好き」という気持ちには意外と責任が伴わないのです。

ただその人のことを考えて胸がいっぱいになって幸せになる、これが好きだとしたら、相手にとってはあまり関係ないものというか、こっちはこっちで愛を目一杯叫んでいますけど、相手との関係性においてそれがなんなんだと言われると、なんでもないですよねみたいな。そこにコミュニケーションがあるか、というのはまた別の話になります。

お互いがいい影響を与え合って前に進んでいくのが良い恋愛とするならば、自分の好きという気持ちと、自分が相手に与えられる影響の度合いを比較したときに100：1くらいに思ってしまう。そこで卑屈になって堂々とふるまえなくなってしまうんですね。これは自分に自信がないこととつながっているとは思います。

それって、相手のことをまったく考えられていない（しかも考えているつもりではある）幼稚で厄介な姿勢であるな、といまは反省しています。

相性の良さと、それを維持する努力

それからもうひとつ。好きな色と似合う色が必ずしも一致するとは限らないように、好きな人と相性のいい人もまた、一致するとは限らない。これは私の些末な人生経験から得た教訓のひとつです。

恋愛とは他者と関係性を築くことですから、相性の良さというのはいい恋愛に不可欠な条件です。では相性のいい人とはどんな人なのか。それはおそらくですが、その人といる自分のことを、自分で好きだと思えるかどうか。これがひとつの鍵になる、という気がします。

人間というのは変化する生き物ですから、10年前にぴったりと相性が合っている場合でも、いまはまったくしっくりこない、なんてこともあるでしょう（もちろん、その逆も）。いい状態をどう維持し、発展させていくかというのも、ふたりの腕の見せ所だと思います。つまり相互分析や歩み寄るための努力、それに基づくコミュニケーションの継続が必要なのです。

なんとなく、恋愛ってフィーリングとか運命と大きく関係しているように語られるから、ビビッとくるかどうかとか、幸せかどうかとか、そういう視点を重視してしまいやすいんですよね。私のことですけど。でも、もっと知性と思いやりが必要な分野であって、フィーリングとかセンスだけではいつか八方塞がりになってしまうのだよなぁ、と身に染みてしまいます。

恋愛がない人生も悪くない

「人生とは、自分のこころを成長させ、幸福を拡大していくためのものである」。これは、アーユルヴェーダの教えで好きなもののひとつです。

以前「こころの毒出し」をテーマに、アーユルヴェーダの権威である蓮村誠先生に取材させていただいたとき、恋愛や結婚についての面白い話を聞きました。

もっとも唸ったのは「人生にはパートナーがいてもいいし、いなくてもいい。生きるうえで重要なのはそこではない」というもので、それまで「うまく恋愛ができない私は人間として不十分なのではないか」と焦ることも多かった私は、非常に衝撃を受けたのです。

結局、自分自身のこころが成長し、幸福が拡大していくためにはなにが必要なのか、ということこそが大事であり、パートナーが必要な人もいれば、そうでない人もいるということなんですね。恋愛のない人生だって全然ＯＫ。

恋愛における、あの人は私のことを好きなのかしらとか、彼に浮気されて許せなくてつらすぎてどうしようとか、そういった悩みも「その人との関係性は自分のこころを成長させるのか」というフィルターにかけると割と解決するし、パートナーとの関係は寂しさを紛らわしたり、依存したりするためのものではないよというお話でした。

そう考えると「恋愛は上手にできないけれど、好きになる才能はある」と考えている私も少しは救われるというものですよね。好きな人のことを考えて（勝手に）幸せになり、色々なことを（勝手に）学ばせてもらい、それによって自分の人生が豊かになるなら、それはそれで素晴らしいことじゃないですか。自分の持っている才能を最大限に活かして、自分のこころを成長させるための最適解を、これからも探し続けていきたいものです。

性格は、変えていくことができる

生まれ持った性質は変わらない

人には生まれ持った性質というものがあります。

私は特定の宗教を信仰していませんが、神様（のようなもの）の存在はあると思っています。そう考えたほうが、世の中の色々なことにすっきりと説明がつくような気がするからです。呼び名は神様でも、大いなる意思でも、宇宙でもなんでもいいのですが、ひとまずここでは便宜上神様と呼ぶことにします。

「この世の中はすべて神様の実験の場である」という考えかたが好きです。存在するすべてのものが神様の意向で生み出されており、世界の成り行きがどうなるのかをどこかで神様が見届けている――みたいな説で、私はここに色々な性格の人が存在する理由があるのかな、と思っています。多様性に満ちたカオスのような姿が、世の中の健全な状態なのかもしれないと。だからこそ、この生まれ持った性質を書き換えることはなかなか難しいのでは？　と思います。体が弱いとか、飽きっぽいとか、気性が激しいなどの性質、あるいは走るのが速いとか、気遣いができる、友人が多いなどの性質。いずれも神様から与えられたスペックであり、その人の才能と呼べるものだと思います。

いいほうに変わり続ける人生がいい

では、性格を変えることも難しいのでしょうか？　これについては、私は変えられると思っています。ガラッと別人格に変えるというよりは、少しずつデフォルメやリモデルをしていくような変化です。りんごであることは変えられない（＝みかんになることはできない）けれど、形状や色味を変えたり、糖度を変えることはできる、というイメージに近いです。自分の性格に嫌な部分があったとしても無闇に悲観する必要はなく、好みのほうへと少しずつ作り替えていくことは可能だと思います。

私はこれまでの人生の中でいまの自分がいちばん好きなのですが、それは性格を少しずつ少しずつ、変えていくことができたからだと思っています。まだまだ気に入らないところは山のようにありますが、それはこれからも変われる余地があるということ、ともとれます。できたら今後もこの感覚を更新したいと思っていて、そのためにはさらなる変化が必須です。より良く変化し続けて、生き切って死ねたら最高です。

成功体験の機会を逃さないこと

自分の人生を振り返ると、性格を変えるチャンスは、小さな成功体験を積み重ねていくところにこそあるように感じます。ここでいう成功体験には、特になんの努力もしていないけど、なんとなく成功してしまった……みたいなことは含まれません。逆境や挫折や失敗や苦悩、冴えない時期を経て、その先の光を見る経験です。

といってもそれは大袈裟なものでなくていいのです。時間をやりくりして作った夜ご飯が美味しくできたとか、ずっと聞き取れなかった英語がある日なんとなくわかるようになったとか、些細なことであっても、そこには「自分、やればできるのでは？」と思えるエッセンスが詰まっています。

成功体験は、ネガティブなことからもじゅうぶん得られます。今日は息子に少し強く怒ってしまったとか、お客様からクレームをいただいてしまったとか。そういう局面で、どんな行動を取るか。そこで取った行動が報われるときもあれば、そうでないときもあります。そうでなかったときに、どう反省できるのか。

なかなか難しいことですが、自分の性質を活かしながら、しなやかに変容し、成長していけるというのはいいものです。それは完全に自分自身に託された自由であり、生きるうえでの楽しみと言っていいでしょう。そんな風に変化していけることもまた、神様の実験の一部と考えると、なんだか面白くて笑ってしまうのですが。

「自分らしさを貫くこと」と「人の目を気にすること」

「人目が気になる」っていけないこと？

日本人は個よりも集団を重んじる、という定説があるように思います。周りに合わせることを美徳とするゆえに、自分らしさよりも周囲の目を気にしてしまい、主張を通すことについ遠慮してしまう。本当は自分らしさを堂々と出して、自由に生きたほうが格好いいのに、と、いささか否定的に語られることもあるような。

これ、本当にそうなのでしょうか？　自分らしさを追求することと、人の目を気にすることって、相反することでは決してないはず。人の目を気にしながら自分らしさを追求してもいいのでは、と思ってしまいます。

人からどう思われるのかってすごく大切です。人はひとりでは生きていけないから、いや、究極は生きていけるのかもしれないけど、これだけ人間が存在している世界で、ひとりきりの人生なんてほとんどあり得ません。他者から見た自分という人間の印象は、他者にしか決められないもの。それを意識することはごく自然だし、この世界で生きていく大人として責任を持たねばならぬこと、という気もします。

ひとりで決められないのが「自分らしさ」

対して「自分らしさ」というのも結構あいまいな言葉です。

みんなそれぞれ個性を持っているのは事実だけれど、その個性にあぐらをかく生きかたっていうのも格好悪いし、個性を磨いていくにあたっても、やはり他者の存在が不可欠になりますよね。周りを気にせず自分らしさを貫く、というとなんだか格好いいように聞こえるけど、あの人空気読めないよね、のような話と紙一重じゃない？ とも思いますし。難しいですよね、塩梅が。

そもそもその人らしさって、他者の評価やものさしで決まることのほうが多いような気もします。というのは、他者との関係性の中で有効なものだからです。

親戚の集まりなんかに行くと、「世間の目を気にせず、我が道を貫いて好きなように生きてていいわね」なんて言われることがあるんですが（本当に）、私としては結構人の目を気にしてビクビク人生を過ごしてきている自覚があるので「おっ、そう見えちゃう？」と思います。

確かに、離婚を2回経験したシングルマザーで、フリーランスで生きていて、という字面だけ見ると、なんか令和っぽい！ と思わないこともないですが、好きなように生きてきたからこうなったわけではなく……という感じです。不思議ですよね。

どんな人になりたい？　理想を胸に抱くこと

結論としては、自分らしさを追求する気持ちと、人目を気にする気持ち、両方持っている人が格好いいんじゃないでしょうか？

で、思います。「自分が人にどう見られたいか」というイメージを明確に自分の中に持っていると強いんじゃないかと。これってつまり「自分はどんな人間になりたいか（理想像）」ということであるし、自分らしさを追求することにも、人目を気にすることにも関係してきます。理想は崇高なものであってもいいし、ささやかなものでもいいと思います。憧れの人をどーんと目指してもいいし、小さな習慣を自分で決めてコツコツやる、なんていうのも素敵です。

ただ、どうしてそうなりたいの？　というところまで明確にしておいたほうが良くて、その気持ちには嘘をつかないこと。思えば、私が人目を気にしてビクビクしていたのは「私ってどう思われているかな」という漠然とした気持ちではなく「私の理想はこうなんだけど、実際は程遠いですよね」という不安があったから。自分の理想と現実の自分との乖離に悩んで、オドオドしていました。そういう傾向はいまもあるのですが、昔に比べるとずいぶん減ったなぁと思います。自分という乗り物の舵の取りかたも少しわかってきたし、理想を目指すにはどうしたらいいか、という道のりも多少見えているからなのかもしれません。

本当は左へ行きたいのに、周りがみんな右へ行くからしかたなく右へ行く、みたいなシチュエーションってあると思うのですが、私はそういうとき、自分がなりたい人はこんなときどうするのだろう？　と一度自分の中で考えてみるようにしています。そうすると「自分であって自分でないものにより導かれた答え」が見えたりする。結果、右を選んだとしても、自分の選択を他者のせいにすることは少なくなるような気がします。

この世のすべては移ろっていくもの。自分らしさだって人目を気にする意識だって、時とともに磨かれていくものだと思います。

おわりに

「妄想の中では何をしてもいい。違法なことでも、非現実なことでも。だから妄想は楽しい」と言っている友人がいました。私はそれを聞いて、とても羨ましくなったものです。私には、奇想天外な妄想を繰り広げる才能が備わっていないから。

ですが今回、いつも私が考えていることをこうして言語化してみると、これは友人にとっての妄想と案外似たようなものかもしれないと思いました。自分の中に育んだ大切なこと、好きなもの、美しさや正しさの基準のようなもの。それらは他の誰にも侵されることのない領域に存在しており、かつ、私が私として生きる指針となるものだからです。

勝手な独り言をこのように編纂してしまったことを、改めて恐縮に感じています。

まず、美容と直結することのない内容で、自分の考えをエッセイにする機会を初めてくださった、ウェブサイト「北欧、暮らしの道具店」に感謝いたします。ここでの連載がなければ、この本が生まれることはありませんでした。また、書籍を作るきっかけをくださったヘアメイクアップアーティストの松田未来さん、完成まで多大なるサポートをくださった編集担当の双葉社・中村陽子さん、改めてありがとうございます。そして装丁を手がけてくれた米山菜津子さん、写真を撮ってくれた長田果純さん、このお二人の力で本が100倍素敵になりました。大好きです。

そしてこれまで私の人生に関わってくれたすべての人、とりわけ日々を支えてくれている数々の友人、家族、特に息子へ。また、私の文章を読んでくださるかた、この本を手に取ってくださったかたへ。心から感謝いたします。

2021年　秋晴れの日に　AYANA

「美《うつく》しい」のものさし
2021年11月21日　第1刷発行

著者　AYANA《アヤナ》
発行者　島野浩二
発行所　株式会社 双葉社
〒162-8540
東京都新宿区東五軒町3番28号
☎03-5261-4818（営業）
☎03-5261-4835（編集）
http://www.futabasha.co.jp/
（双葉社の書籍・コミック・ムックが買えます）
印刷所・製本所　図書印刷株式会社

装丁　米山菜津子
校正　谷田和夫
編集　中村陽子

協力　北欧、暮らしの道具店
※本書の一部はウェブサイト「北欧、暮らしの道具店」の連載「ビューティライターが綴る、じゆう帖」に加筆し、再編集したものです。

※落丁・乱丁の場合は、送料小社負担にてお取り替えいたします。「製作部」宛にお送りください。ただし、古書店で購入したものについてはお取り替えできません。☎03-5261-4822（製作部）

ISBN978-4-575-31670-4 C0095